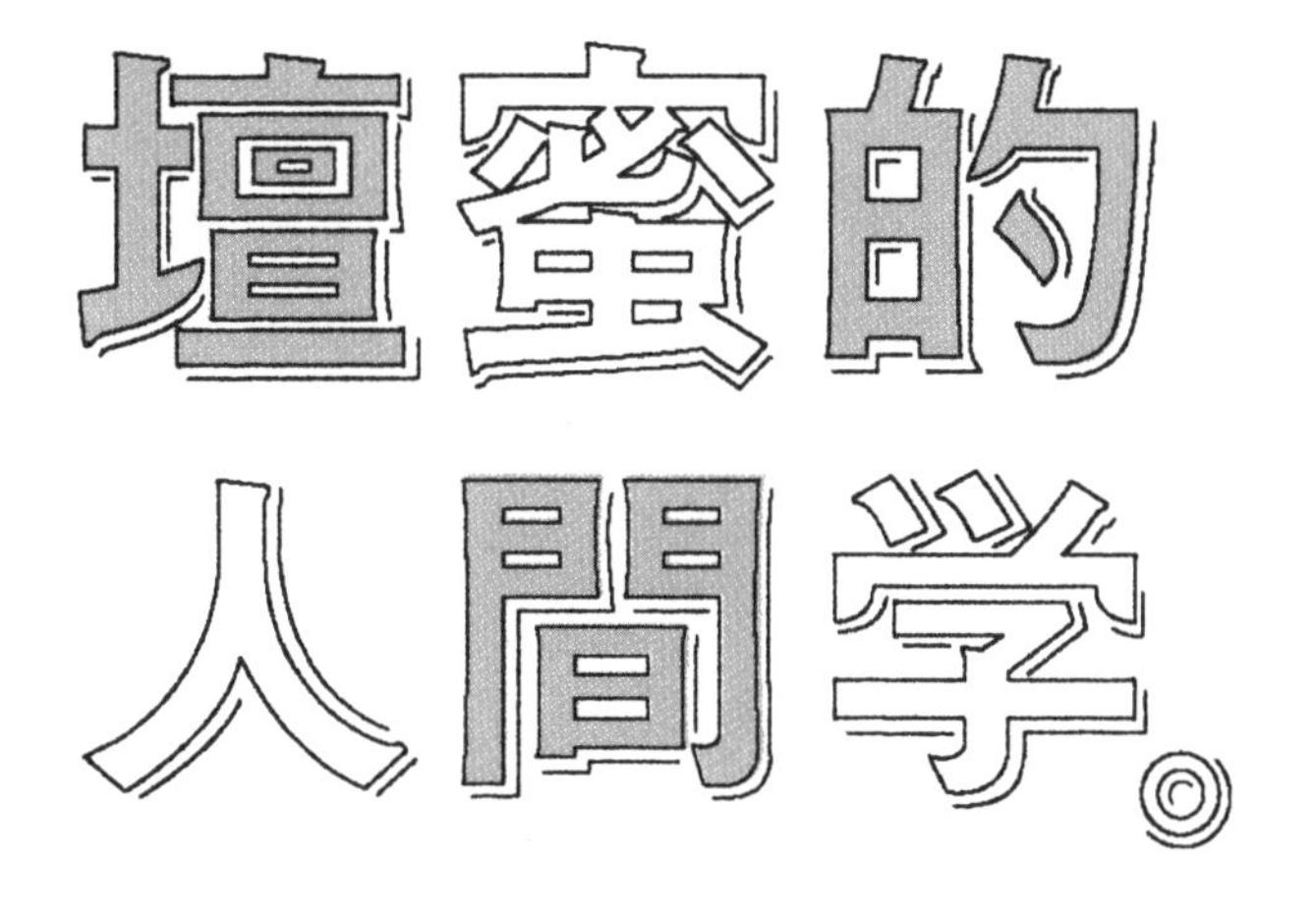

壇蜜

平凡社

壇蜜的人間学。

壇蜜

壇蜜的人間学。　目次

壇蜜的人間学。

壇蜜

はじめに
――もう一度授業に出たくなった

知人の50代男性の話。彼には娘がいる。娘は勉強が大嫌いで、高校卒業後の進路について「フリーターになるか、さっさと今彼と結婚する」などと父である男性に告げたらしい。彼は困ってしまい、とっさに出てきた返事が「待て。大学や短大、専門学校に行っておけば選べる男の幅が広がると思うんだ。フリーターや結婚が悪いことだとは言わないが、勉強をしておけば男の選択肢は多くなる。そのほうがいいだろう?」だったという。どこかの人権団体に聞かせたら何か言われそうなこと言うもんだな、と苦笑いしてしまった。

時代錯誤なアドバイスだったかもしれない。しかし、「それも一理ある」と娘はいったん納得したそうだ。結局専門学校に通いながらアルバイトに励む日々を送っているらしい。将来的に何になるかは未定のようだが、そこそこ真面目に勉学に勤労にと投げやりにならず向き合っているらしい。大嫌いだった勉強をする選択をしたのは立派だなと思う。ここから学ぶことの楽しさを得て、いい方向に事が進めばいいなど他人ごとながら願った。

学ぶこと。私も正直いうと「お勉強大好き！」とはいえない子どもだった。「まあまあ。でも本当に将来役立つの？」と疑いながら授業を受けるタイプ。どういうわけか話を聞いてノートをとったり、レジュメを作ったりするのは好きなのだが、暗記やら計算やら実験やらはすこぶるしんどかった。そんな私でも今回の「勉強会みたいな本作り」の生徒としての依頼をお受けしたのは、学生だったころから何年も離れた今、もう一度「先生たちの授業」を聞いたらどんな気持ちになるのか感じたかったからだ。得意のノートスキルはまだ健在だろうか。先生に手を挙げて質問して、「いい質問だ」といってもらえるだろうか……。そんな懐かしくも、もう想像もできない世界を用意してもらえることに「ウキウキ」を覚えた。テーマも、掘り下げたら今の暮らしに密着しているものが多数だろうなという直感も働いた。マンツーマンで授業を受けてギャラまでもらえる……。壇蜜やっててよかったなという不純な動機もからんでいるのは……ナイショ。

「病気」になるってどういうこと？

仲野徹（なかの とおる）

隠居、大阪大学名誉教授。

1957年大阪市生まれ。京都大学医学部講師などを経て、大阪大学大学院生命機能研究科および医学系研究科教授を務め、2022年春に退職。主な著書に『こわいもの知らずの病理学講義』『（あまり）病気をしない暮らし』（以上、晶文社）、『からだと病気のしくみ講義』（NHK出版）、『考える、書く、伝える 生きぬくための科学的思考法』（講談社＋α新書）など。

最近の医学の進歩はすごい

壇蜜　一言で病気といっても、心の病気も含め、深刻なものから軽いものまで、すごく範囲が広いですよね。（新型）コロナ感染症もあったり、私が家で飼っている生き物たちが病気になったりもして、いろいろ考えさせられます。今日は、どう病気と付き合ったらいいのか、というようなことをお話しできたらと思っています。

仲野徹（以下、仲野）　ほんと病気っていろいろですよね。癌みたいに非常に多くの人がかかる病気もあれば、世界中で何十例しかないような病気まである。病気の種類がどれくらいあるか、たぶん1万くらいやとか言われてますけど、本当のところよくわかりません。

いわゆる「難病」は病気自体が治りにくい場合もあるし、患者数が少ないと治療法も開発されにくいということもあります。でも最近はアメリカを中心に、希少な疾患でもつぎつぎとよい薬が開発されるようになってきてます。いきなりお金の話で恐縮ですが、世界一高いお薬っていくらやと思われます？

壇蜜　うーん。白血病と診断された競泳の池江璃花子選手の治療費が毎月数百万円くらいかかったという話を聞きましたが……。え？　そんなにかかるの!?　って。

仲野　たしか造血幹細胞移植[*1]ですね。同じ白血病でも、2019年に開発された新薬であるキムリアという治療法は、1回で3000万円を超えます。2020年には、脊髄性筋萎縮症[*2]（SMA）という遺伝性の病気に対する治療薬ゾルゲンスマに1億6000万円を超える薬価がつき、それが「世界一高い薬」だと話題になりました。

壇蜜 それって、お薬1錠の値段ですか？

仲野 1回の治療です。でもこの場合、1回の治療で長期にわたり効果を発揮します。ほかにも、毎年数千万円の費用がかかるような薬もありますし、これから大きな問題になっていくと思います。治らなかった病気が治るようになるのはすごくいいことなんですが、日本の皆保険制度はそんな高額薬がどんどんできることを想定していませんからね。

壇蜜 1990年代の半ば、ゲイでありHIV陽性者であることをカミングアウトしたDJパトリックさんの連載を週刊誌で読んでいました（週刊『SPA！』の連載「パワフルHIVポジティブ　パトリックのカミングアウト大作戦」。その後「GO！GO！PATRICK」にタイトル変更。パトリック氏は2013年4月に逝去された）。毎月の抗体値を測ったり、体にかかる負担が大きい治療をしていらして。当時エイズは「治らない病気」というイメージがあり、偏見も強くありました。ところが先日、もうHIVに感染してもエイズは発症しない。そんな薬があるという話を聞いて、すごくびっくりしました。

仲野 そうです。エイズが最初に報告されたのは、確か1981年です。「死の病」と恐れられていたのが、今は薬で発症を完全に抑えられるところまできました。「医学の勝利」というか、この間の進歩はものすごいですよね。エイズだけでなく、この数十年の間に、本当にたくさんの病気が治るようになりました。ただ、薬の価格は問題として残ります。エイズの薬も、アフリカの貧しい人たちに行き届かなかったりしますから。

壇蜜　やっぱりお金の問題になってしまう……。でもお医者さんたちには、難病を治したいという情熱があるわけですよね？

仲野　最初の動機は、人を救いたいという気持ちやと思います。でも巨額の開発費をかけた製薬会社としては元をとりたいから、それなりの値段をつけざるをえない。

壇蜜　新型コロナのワクチン開発のスピードも、すごく速かったように感じます。

癌はワインの熟成？　秘伝のたれ？

仲野　医学的に対処しやすい病気もあれば、これは治すのが難しいわな、というのもあります。そういう観点で見ると、感染症は比較的、対処しやすい部類に入ります。

壇蜜　新型コロナのような感染症が、対処しやすい部類ということですね。それは、素人イメージですがちょっと意外でした。

仲野　原因がウイルスとシンプルで、はっきりしていますからね。ウイルスに感染しないよう、ウイルスが増殖しないようにすればいい。それにしてもこんなに早く、しかもよく効くワクチンができたことには驚きました。

壇蜜　ウイルスのほうもすごいスピードでマイナーチェンジしながら進化しているにもかかわらず、それに対処するワクチンもできていますよね。

仲野　おっしゃる通りです。mRNAワクチン[*3]の大きなメリットのひとつは、マイナーチェンジに対応しやすいことです。でもmRNAワクチン自体が初めての挑戦だったので、正直なところ最初は「効かへんのちゃう？」と疑っていました。ワクチンも薬もそんなふうに、「やってみないとわからない」ところがありますね。

壇蜜　たとえば動物実験で成功したからといって人間に効くとはかぎらないとか？

仲野　そうです。ネズミとヒトは、遺伝子的には99％くらいが同じと言われていて、ある程度はマウスの実験でわかります。でも、種差による効果や副作用の違いという問題がありますし、長期服用の影響もありえますから。それに、いろんな体質の人がいて、同じウイルスに感染しても、重症化する人もいれば無症状の人もいたりするわけで。

壇蜜　偏見かもですが、テレビを見ていて、ぽっちゃりとした人が重症化している印象があって……。

仲野　ははは、それは聞いたことがないですけど。感染症が対処しやすいというのは、歴史を振り返ってもわかります。戦前なんか、子どもの死亡率がめちゃめちゃ高かった。主な原因はなんといっても感染症です。次第に衛生状態がよくなり、ワクチンも普及しました。このふたつで多くの子どもたちが救われるようになったということです。

壇蜜 逆に今も対処しにくい病気というのは、どんなものでしょうか?

仲野 かなりの病気は、医学の進歩で治療できるようになってきました。でも、癌が治るようになったといっても、亡くなる方もたくさんおられるわけです。たとえばわれわれが学生のころは食道癌と聞いたら、「これはもう危ないな」という感じでした。でも今は数日も入院すれば内視鏡手術で治してもらえることもある。要は、治せる癌が増えたということです。にもかかわらず癌で亡くなる方の数が増えているというのは、それだけ高齢化で癌にかかる人が増えているということなんです。

癌というのは細胞の核にある遺伝子に傷が入り、それが蓄積していくことで起こる病気です。だから、ある程度は歳をとらないと、「癌になれない」のです。1個の細胞が増え続けて癌として見つかるまでに、何年くらいかかると思わはります?

壇蜜 やはり年単位でしょうね。うーん、2年とか3年くらいかな?

仲野 10年から15年と言われてます。次第に増殖するスピードが速くなるんですが、早期癌でも計算上は最初の遺伝子に傷がついてから10年以上かかっているんです。

壇蜜 ああ、結構かかりますね。

仲野 遺伝子の傷、すなわち遺伝子の変異によって、ある性質が獲得される。また新たな変異が生じてさらに性質が変わっていく、ということが起きるわけです。

壇蜜　いくつその傷が入ると、癌として「デビュー」でしょうか？

仲野　ナイスな質問です。５つか６つの「傷」が入ると癌になると考えられています。

壇蜜　癌になる一歩手前の細胞には、対処しようがないわけですか？

仲野　一般的には無理でしょうね。われわれの体のなかでは、がん細胞の元になるものが毎日、何百個もできていると言われているんです。

壇蜜　そうか、私の体のなかにも、その元になるものが、たくさんあるんですね。

仲野　なにもしなくても変異は蓄積しますが、酒やタバコのような外からの刺激でも傷はできる。ただ、そういった細胞でも、早い段階に免疫でやっつけられるものが多いんです。

壇蜜　なるほど、ふだんは免疫でなんとかできる。だから、後天性免疫不全症候群というのは癌になりやすいわけですね。

仲野　そうです。エイズになると、ある種の悪性腫瘍になりやすいんです。免疫が癌の発症を抑えているのは間違いない。わが師匠でもあり、２０１８年にノーベル生理学・医学賞をとられた本庶佑先生の発見された癌の免疫療法は、免疫で癌細胞をやっつける薬を使うものですからね。

お楽しみが減ると免疫力が下がる？

壇蜜　コロナ感染症拡大によって、みんながお楽しみを奪われたじゃないですか。たとえば氷川きよしのコンサートや、綾小路きみまろのライブに行けなくなったマダムたちが、それでコロナにかかったということも多いのではないかと考えたんです。

仲野　笑っていると免疫能が賦活されるとか、よく言われますが、どうでしょう。もちろん気分的にはわかるのですが、証明できるかというと……。たとえば、ある薬が効くかどうか調べるとき、その病気の人を１００人なら１００人集めてふたつに分けます。半分の50人に薬を与え、もう片方の50人には「見かけはそっくりだが、薬の入っていないもの」を与えます。ダブルブラインド（二重盲検）というんですが、薬を渡す医者も本物かどうかは知らないんです。そういうふうにすると、もう完全にバイアスなしにどっちが効くかがわかりますよね。

壇蜜　なるほど。お医者さんの側も、知らないんですね。

仲野　「これ効きますよ」という気持ちが、なんとなく患者さんに伝わってしまう可能性があるでしょう。特に鬱病の薬なんか、効き目があると思い込むことで病状が改善する「プラセボ（偽薬）効果」がかなり高いことがわかっていますから。

壇蜜　だとすると氷川きよしや綾小路きみまろの場合は……。

仲野　その効果を確かめるのは、すごく難しそうでしょ？

壇蜜　心の問題ですものね。そっくりさんのコンサートやライブに行ってもらったら、少しは元気が出るかも、なんて。でもプラセボ効果もあるわけですから、やっぱりお楽しみが免疫力を高めるとか、逆にそれを奪われると免疫力が下がるといったこともあるのでは？

仲野　うーん、よく言われる「免疫力」というのも、正確な医学用語じゃないんです。免疫能という言葉は使いますが。さっきも言ったように、免疫とは、体内で発生した癌細胞や、外から侵入した細菌やウイルスを監視したり撃退したりするシステムのことです。「免疫力が下がっている」と言うと、なんかわかったような気がしますが、免疫システムはすごく複雑で、学力みたいに点数でぺっと簡単に測れるようなものではありません。風邪のひきやすさ、ひきにくさも「免疫力」のひとつといえますが、これも数値化できるようなものではないでしょう。

壇蜜　そういえば、やたらに風邪をひいてばっかりでずっと調子の悪い人もいますが、そういう人にかぎって意外と大病はしなかったりしますよね。なんかこう、低空飛行をずっと続けるようなイメージ。

仲野　いろんな種類の病気にかかる人もおられますけどね。

壇蜜　でも、何とか生存している方もいらっしゃる……。やっぱり「免疫力」を測るのは、むずかしいですね。

お酒の害は禁止薬物レベル

仲野 なかなかお亡くなりにならないから、いろんな病気にかかるチャンスがあるという言い方もできますよね。いつも言うんですけど、病気になる、ならないは、まずは運やと思うんです。ちょっと不謹慎かもしれませんが。

壇蜜 ほほう、運ですか。

仲野 同じように暮らしていて、風邪をひく人もいれば、風邪をひかない人もいる。ただその運というのは、遺伝や体質といったものも含めた広い意味のものですけどね。

壇蜜 お風呂のなかで先生のご著書を読みながら、私もそんなことを考えました。結局のところ遺伝が大きくて、あとはお酒とタバコとか、それから生まれた時代が大きいのかなあと思いました。生まれた時代も、運ですよね。

仲野 多くの病気は遺伝だけでは決まらないし、環境だけでも決まらない。昔から「氏より育ち」という言い方がありますが、その両方が関係している場合がほとんどです。それから、もって生まれたゲノム（遺伝情報の総体）は変えることができないけど、環境や生活習慣で病気を抑えることができるというのは、癌を含めた多くの病気で共通しています。まずはタバコを吸わない。そしてお酒も体に悪いですね。

壇蜜　お酒って少量ならいいと言われますよね。酒は百薬の長とか。養命酒も売れてますし。

仲野　最近は少量でも悪いというのが、一般的な見解です。ただ自分を省みると、お酒って飲み出したらなかなかちょっとだけではやめられないでしょ。飲みはじめたらついたくさん飲んでしまう。だから、毎日少量のお酒でやめられる人は、意志の強い人やないかと思うんです。そういう人は生活習慣もきっちりしてるから、長生きするんちゃうかな、という解釈です。

壇蜜　なるほど。お酒を途中でやめる意志をもったということは、きっと長生きできるということですか。

仲野　科学的な裏づけはなくって、完全に個人的な意見ですけど……。お酒は人類の文化に深く組み込まれているから飲むことが認められています。でも、こんなものが最近開発されたとしたら絶対に禁止薬物に指定されるに違いありません。

壇蜜　おお、本当は禁止したほうがいいくらいの、そんなレベルですか？

仲野　依存性があるでしょ。それに、酔って中枢系に影響を与えて暴れたりするでしょ。さらに家庭を壊したりするでしょ。

壇蜜　すぐ「覚えてない」とか言い出しますし。それホント？　って思っちゃう。

仲野　そうそう、嫌なこと言わはりますなぁ。それって、ときどきあるんですよねぇ。

壇蜜　病気をしないためには禁酒、禁煙したほうがいい。あとは適度な運動をして、適度な体重を保つくらいでしょうか。そのためにもバランスのよい食事は大切ですよね。問題は適度な運動とか、バランスのよい食事とは？　ということですね。適度な運動については、たしか世界保健機関（WHO）のテドロスさんは、週に2回、30分と言ってました。

仲野　それだと、ちょっと少なすぎるかもしれません。1日1万歩は歩かなくてもいいけど、最低でも1日15分。ただしちょっと息があがるくらいの運動。というのがいいようです。

壇蜜　バランスのよい食事というのも、それができれば苦労はいりませんね。

仲野　まあ特定のものばかり食べるのはやめる、くらいに思ってたら十分ではないでしょうか。江戸時代に貝原益軒という儒学者が書いた『養生訓』は健康についての指南書です。「接して漏らさず」というくだりが妙に有名ですが、性生活についてはごくわずかしか書いてありません。全体としては、やはり、腹八分目、休息、それから酒やタバコの害といった今と変わらない教えがほとんどです。

壇蜜　結局、昔から言われていることを守るしかないんですね。今は逆に知識が多すぎて、何をしろとか、するなとか、あれを食べろとか、すごく細かいご指導が多すぎますよね。先生もご著書で「血液がさらさらって何やねん！」とか怒ってらっしゃいましたよね。やたらにタマネギが売れた時代、たしかにありました。

仲野　「さらさら」はすごくわかりやすいんですが、現実に血液がさらさらになったり、どろどろになったりするわけではないんです。正しく言うと、固まりやすい、専門的に言うと凝固しやすいかどうかということです。でもイメージしやすいから、さらさらとか、どろどろとかいう言葉をつい医者も使ってしまう。「本当は誤った医学知識」の代表みたいなところがあるんですけどね。

壇蜜　「とにかく○○を食べればいい」みたいな知識は基本的に信じないほうがいい、と私は思ってます。でも今はやっぱり誘惑が多すぎて……。『養生訓』の時代にはホテルのビュッフェや食べ放題なんて存在しなかったでしょうから。

中野　長い進化の過程のなかで、人間が今みたいにたくさん食べられる時代はごく最近だけですから、生存戦略として人間の体は栄養をため込むようにできています。なので食べすぎると生活習慣病、糖尿病とか動脈硬化とかになってしまう。『養生訓』には運動しましょうってあんまり書かれてないんです。だって、その時代は、わざわざ運動しなくてもみんな、すごい距離を歩いていましたからね。

認知症を食い止める薬もできる？

壇蜜　このあいだ、よく行くコンビニのわりと歳の近い店員さんが、田舎で暮らすお父さんを亡くされたんです。お悔やみを言ったら、「いやあ、大変な人でした。アル中で肝硬変で認知症だったんですよ」と仰るんです。酔っ払う、暴れる、わからない、みたいな状態だって。「そっか、1個だけじゃないんだ！」と思いましたね。それで「最後は……?」って聞いたら、「もうわからない、とにかくぶっ倒れて……」ということでした。大切な身内でも、大変だったみたいです。死因もわからず……。

仲野　医者も診断書に書く死因で困ったのかもしれませんね。死因統計でいうと、2、3年前から「老衰」が3位に上がってきていますね。

壇蜜　老衰が赤丸急上昇ですか？　つまり、これといった病気はなく亡くなったということですよね。

仲野　死因に「老衰」と書きやすくなった事情もあるようですが、それだけ高齢化の影響が大きいということでしょう。

壇蜜　自分や家族が歳をとり、自分のこともできなくなっていったら、なんてこともよく考えます。これからは認知症も、やっぱり増えていきますか？

仲野　でしょうね。癌と同じく、加齢とともに増え、進行していく病気ですし。老人が増えれば、確実に増える。そういう意味で、歳をとるというのは、病気と健康の尺度だけでいくと厳しいところがありますよね。長生きすればええ、ちゅうようなもんではないという気はします。

壇蜜　そうなんです。年老いた家族の介護といっても、認知症のような場合と、頭ははっきりしていて体だけが弱っていく場合もあるから、なんか一括りにはできないなって思います。

仲野　頭はしっかりで体が全然動かないのと、体はピンピンしていて頭が動かないのとどっちがええかというのは、究極の選択みたいなところがありますね。

壇蜜　私は体力がないので、介護するならもう絶対に後者がいいです。徘徊なんかされたら、とても追いかけられないので……。

仲野　面倒をみるほうとしては、そうかもしれませんね。

壇蜜　認知症をなんとか食い止めるという薬は、待っていたらできないですか？

仲野　どうでしょう。認知症のなかでもアルツハイマー型は脳に特殊なタンパク質がたまることによるとされているのですが、そう単純ではなさそうです。同じようにたまっていても症状の出ない人がいたりしますから。なので、そういったシンプルな病理的なダメージだけでは決まらへんのちゃうかと言われています。

『100歳の美しい脳――アルツハイマー病解明に手をさしのべた修道女たち』（デヴィッド・スノウドン著、藤井留美訳）という面白い本があります。遺伝的な違いがあるし生活習慣の影響も大きいので、認知症の研究はむずかしいんです。でも修道女なら生活の規則がきっちり決まっているから、生活習慣はほぼ同じです。それに長生きする方も多いので、認知症の研究対象としてはもってこいです。その研究成果がこの本です。興味深いのは、20歳ころの言語能力で60年後のアルツハイマー病の発症を予見できるというんです。というのは、文章に情報をたくさん盛り込む能力が高かった修道女は、歳をとってから認知症になりにくかったんです。

壇蜜 たしかに本が嫌いとか、マンガも読まないとか、文章も書かないとかっていう人は、なんとなく認知症になりやすいというのは、ある気がします。

仲野 認知症の発症ってすごい複雑で、脳の細胞が傷んでダメになるとかだけでは説明できないということです。そうなると、やっぱり脳は使っといたほうがええのかなという気はします。でも、さっきも言ったように、こういう研究はすごくむずかしい。少しずつメカニズムも解明されつつあるけれど、本当に決め手となる、これで解決というような薬が開発されることはないかもしれません。

蒸しパンは善人のふりをした悪人!?

仲野 壇蜜さんご出身の秋田県は、昔、脳出血が多かったんですよね。特に40〜50代とか若い年代が多くて。原因は何やったと思います?

壇蜜 お酒じゃないんですか?

仲野 塩分やと言われています。というのは、減塩運動などを積極的にやって、脳卒中の患者がぐっと減ったからです。脳卒中の原因がすべて塩分過多じゃないですけど、こういう特殊な要因がある場合、ある程度は減らすことが可能な病気もあるという例です。

壇蜜　地元の食卓を見ると、塩を枕にして漬けられているような魚がいっぱいいますからね。そこにまた醤油かけたり。とにかく調味料はどばっとかける。

仲野　ホンマですか……。寒い地方だけでなく、平均値でも日本人は塩分とりすぎやと言われてます。壇蜜さんも、そんなの食べられます？

壇蜜　私も好きです。やっぱり祖母とか母の影響もありますね。日本は味噌汁が美味しいのがいけないんですよ。

仲野　これも個人的な意見ですが、美味しいものは体に悪い。

壇蜜　いやもう絶対にそうですよ。蒸しパンとか、もう超悪い。

仲野　蒸しパンってカロリー高いですよね。なんとなく低いと思ってたんですが、このあいだコンビニで蒸しパンのカロリー表示を見てびっくりしました。

壇蜜　はい、あれはサラダ油が多いですから。蒸しパンは、いい人のふりをして詐欺を働く感じですね。『金田一少年の事件簿』に出てくる、見かけじゃわからない本当の犯人みたいなタイプ。デニッシュなんかは「デニッシュだぜ」という感じで見るからに悪役という、『北斗の拳』のキャラクターみたい。

美味しい食べものもそうですが、生活をよいものにするはずのものが私たちの体に悪いって皮肉な話は、結構たくさんありますよね。

仲野　アレルギーが増えたというのも、そのひとつかもしれません。かつては寄生虫が人類や動物にとって大きな脅威だったんです。

壇蜜　ああ、サナダムシみたいなやつとか。

仲野　だから、人間を含めて動物はみな、寄生虫に対する免疫をもっている。ところが今はすごく清潔になったから、そのような免疫反応の攻撃対象がなくなってしまった。その代わりに花粉などを寄生虫と間違えて反応してしまう。こういった「衛生仮説」が唱えられています。きちんと証明されているわけではありませんが、ある程度は真実やろうと思います。東西ドイツ統一後、生活水準が低く衛生状態がよくなかったはずの東ドイツ出身者より、西ドイツ出身者にアレルギー疾患が多かったことがきっかけとなり、この分野の研究が進んだと言われています。

壇蜜　そっか、先進国はどこもきれいに除菌されてしまったから。そう考えると、薬用石鹸で洗いすぎちゃった説はありますね。

仲野　子どものころ保育園の砂場で遊ぶとか、結構大事みたいですね。汚いというほどでもないけど、清潔すぎないのが大切らしい。

壇蜜　「3秒ルールで大丈夫でしょう」くらいのルーズな感じですかね。そんな適当なスタンスが、丈夫な体を生むんでしょうね。

仲野　腸内細菌叢(ちょうないさいきんそう)って聞かれたことありますか？　100兆個もの細菌が腸のなかに生息し

ており、それが複雑な生態系をつくっている。最近は、皮膚についても同じようなことが言われています。皮膚にもいろんな細菌がいて、これもあんまり洗ってしまうとバランスが悪くなるらしい。昔の人がどうやったか知りませんけど、今ほど毎日のように体を洗ってなかったのに、そんなに体臭はしなかったんちゃうかという話もあるんです。皮膚によい細菌叢を上手に「飼って」いれば、そんなに臭わないのかもしれない。

壇蜜　そういえば、タイやメキシコで暮らす先住民の方々とか、そんなに臭わなかったかもしれません。お風呂にどのくらい入られるのか、知りませんけど。でもそうか、予防しすぎ、洗いすぎも、よろしくないのかな。

仲野　でも、新型コロナでびっくりしたのは、手洗いとマスクであんなにインフルエンザが減ったことですよね。

壇蜜　以前はきっと、石鹸をつまんで指先だけ洗ってたんでしょうね。

仲野　本気でやると、めちゃくちゃ効くんやなと感動しました。

壇蜜　ついでにノロまで防げました。

過剰診断や検査のしすぎの問題点

壇蜜　そういえば、このあいだアレルギーチェックをやってみたんです。指先から血液をとって送るのですが、結構高いお金を払いました。私はゼロでしたが、旦那が卵だのサバだのやたら多くて、ご飯をつくる気がちょっとそがれそうに……。

仲野　アレルギーチェックもそうですが、いろいろな検査はたしかに気にはなるけど、どこまで調べたらええんか、どこまで気にしたらええんかは難しい問題です。たとえば遺伝子を調べ、ある病気になる率が平均より2割くらい高いと言われたら、どうでしょうか？　当たるかもしれない科学的な占いくらいにしておいたらいいんじゃないかと思います。

壇蜜　その「2割くらい高い」をどう考えるか、人によるでしょうね。すごい心配性の人もいますし。

仲野　「癌の確率が7割と言われ体中を調べたけど見つからない、どうしたらいい？」と友だちに相談されたことがあります。聞かれても困りますよね。

壇蜜　その7割を胸に抱えながら生きるか、忘れてしまうか……。

仲野　そこですわ、問題は。完全に忘れるのは難しいでしょう。過剰診断や検査のしすぎは、これから大きな問題になってくると思います。たとえば内視鏡検査でものすごく小さな癌が見つかるようになったとして、どの段階から治療すべきかが問題になるかもしれない。医学の進歩はもちろんトータルとして望ましいのですが、個別にはどうかなと思うことはありますね。

壇蜜　振り回されちゃいますよね。気持ちの問題もあるし。

仲野　ゲノムの場合はもっとやっかいで、たとえば癌になる確率がうんと高くなる遺伝子をもっていたとしたら、兄弟姉妹と子どもも50％の確率で同じものをもっているわけです。そのことを知ってしまったらどうしたらいいか。

壇蜜　自分だけの問題では終わらないわけだ。そこまでくると、ちょっと考えることが多すぎですね。あまり気にしすぎないようにと思うけど、気にするような「呼び水」がいっぱい来ちゃう。

仲野　なまじ調べられるようになっているし、インターネットでいろいろ読んでしまったりもしますよね。それやったら昔みたいに、「先生にお任せしますわ」みたいなほうがかえって幸せだと思う人も出てきそうです。

壇蜜　メディアの責任もありそうですね。病気や健康情報を扱うとき、刺激的な部分だけ取り上げすぎてるとか。鳥インフルエンザだって別に肉を食べても何にもならないとわかってはいるけど、焼却処分とかの映像を見ちゃうと「えー」となるし、結構影響が大きい。

仲野　そういえば牛海綿状脳症（ＢＳＥ。いわゆる狂牛病）が流行っていたころにドイツに滞在していたので、家族は全員献血のできない身体になってしまいました。

壇蜜　あ、そうか。いちゃダメな時期がありますものね。

仲野　さすがに30年もたったので、もう大丈夫やろとは思ってますけど、歳をとってくると普通にぼけてくるでしょ。そんなとき、「ひょっとして狂牛病ちゃうかな……」とか密かに心配になったりして。人間ってそういう気持ちがあるものですからね。

病気は運のファクターが大きい

仲野　新型コロナの報道でも思いましたけど、病気に関するメディアの報道ってすごく断片的なんですよね。だから、学校で病気のことをもっとちゃんと教えたらええんちゃうんかと思うのですが、そもそも子どもって病気に興味ないのが問題で……。

墻蜜　学校で配られる「保健だより」みたいな、文章の多いやつは無理ですよ。3つくらいに絞って、トイレの壁に貼っておくくらいがちょうどいいのかなって思います。飲食店のトイレに貼ってあるような「地球一周の船旅、80日間、99万円」みたいなのって、絶対に覚えてますから。

仲野　居酒屋とかに貼ってあるやつですね。たしかにむずかしいけど、本当に基本的な知識さえ体系的にもっていれば、断片的な情報に惑わされてあっちこっち振り回されたりしなくなります。だから1回、どこかで勉強しておいたほうがいい。それがこの『こわいもの知らずの病理学講義』（晶文社）という本です。ここで宣伝をしてしまって恐縮ですが……。

墻蜜　この本、すごく好きです。読みながら何度も笑っちゃいました。

仲野　ありがとうございます。その本にも書いたんですけど、癌などの病気にかかった人は、すごく楽観的な情報を求めるか、悲観的な情報を求めるか、極端になりがちなんですよね。

それで、講演なんかで「前もって知識を入れて考えておいてください」とか言うと、「先生、そんなん考えたら、縁起が悪いです」とか言われる。そんな時は、「癌のことを考えても、遺伝子は傷まないから大丈夫！」ってお答えするんですけどね。

壇蜜　そうですね。病気との付き合い方とか、病気に対する考え方も大切ですよね。病気って、そもそもグレーゾーンが多くてつかみどころがないものではあるけれども、コロナみたいに予防する方法がある場合もあることとか、そういう基本を教えるべきなのかな。

仲野　そう思いますね。確実に知っておかないかんことは、それほど多くないので、まずそれを頭に入れておく。

壇蜜　ネットで勉強するのは、やっぱりやめたほうがいいですかね。

仲野　ネットは情報量が多すぎるし、正しいかどうかがわからない。もしネットで調べるなら、「大学」とか「厚労省」とか専門の大病院の名前とか、そういうキーワードを入れて検索する癖をつければいいと思います。ぐっと信頼度が増しますから。ただ困ったことに、怪しげな情報のほうが読んだら面白い可能性が高いんですよね。

壇蜜　なんか白人男性が白衣を着て偉そうに腕を組んでいる写真があったりすると、つい信じちゃうんですよ。

仲野　そういうタイプに弱いんですか……。

壇蜜　急にトマトのリコピンとか出てきますからね。リコピンが癌に効く？　みたいな感じ。かく言う私も生理前にむくんだり顔が腫れたりするのを気にして、このあいだ某メーカーのサプリを買っちゃいましたけどね。

仲野　効きました？

壇蜜　結構、効いた気がします。あくまで個人の意見ですが。

仲野　気になる新しいサプリとかダイエット法とか、身体に悪くなくて、そんなにお金のかからないものやったら、納得の上でやってみるのは悪くないと思うんです。あかんかったら、やめたらいいわけですし。

壇蜜　こうやってお話をしていると、やっぱり信頼のできるかかりつけのお医者さんを探して通うというのが、遠回りだけど一番いいのかなって思えます。どんなことでも聞いてもらえて、アドバイスをいただけるような。

仲野　それがいちばん納得できると思いますね。ただ、よい先生がどれくらいおられるかが問題かもしれませんけど……。

壇蜜　相性もありますしね。

仲野　まあ、そんなことも含めて、病気は運やという説を唱えてるんです。どんな先生に巡り会えるかから、自分の遺伝子がどんな特性なのかまで、運のファクターがいっぱいあると思っておいたら気が楽です。そうしたら、病気の理解もしやすくなるかなという気がします。病気になったとき、「自分が何か悪いことしたか？」などと思う必要はまったくないのです。

壇蜜　そうですよね。前世の悪行なんだとかじゃないんですから。本当に、どこかの新興宗教にも聞かせてやりたいです。

［注］

＊1　造血幹細胞移植：患者自身の造血幹細胞をあらかじめ採取・保存しておき、大量化学療法施行後に自身の造血幹細胞を戻す治療法。造血幹細胞を大量の抗がん剤に暴露させないため、通常よりも大量の化学療法の投与が可能になる。また造血幹細胞移植は大別すると、患者自身の造血幹細胞を使用する自家造血幹細胞移植と健常ドナーから造血幹細胞の提供を受ける同種造血幹細胞移植がある（東北大学病院　造血幹細胞移植推進拠点病院のウェブサイトより）。

＊2　脊髄性筋萎縮症：脊髄前角にある運動神経細胞の変性がおこり、進行性に筋力低下、筋萎縮を呈する運動神経疾患（国立精神・神経医療研究センター病院のウェブサイトより引用、編集）。

＊3　ｍＲＮＡワクチン：ウイルスの表面にある「スパイクタンパク質」と呼ばれるタンパク質の遺伝情報を含んだ「ｍＲＮＡ」をヒトの体内に投与。これによりそれに対する抗体などが作られ、ウイルスに対する免疫ができる（厚生労働省、ＮＨＫのウェブサイトより引用、編集）。

対談を終えて

「思春期レモン水事件」の記憶

高校生の時、ある日鏡を見て「あれ？」と思った。フェイスラインは大なり小なりニキビがあちこちちりばめられ荒れており、体が中学時代よりひと回り丸く大きくなったように感じた。体重も増えていたし、皮にパンパンに肉が詰まったソーセージみたいな姿に愕然とした。体も重いというか、どうにもアブラっぽい。全身にあぶらとり紙を巻き付けて吸収してもらいたいほどだった。これはイヤだなぁと思っていた矢先、母や祖母が読むような健康&美容系の渋めの雑誌を読んでいたら「レモン水で体すっきり！」という見出しに目がとまる。水にレモン汁をとかして毎食前に飲むとダイエットや美肌効果がある……という説明が書かれていた。まあたしかに唐揚げにレモン汁をかけたらサッパリするし、体のアブラだって何とかしてくれるかも……と一人盛り上がり、レモン汁を水道の水で割り、酸っぱい酸っぱいと言いながら飲んだ。５００ミリリットル弱は飲んでいた。レモン汁は一回20〜30ミリリットルくらいでよいらしかったが、より濃厚なら更に効果が出るんじゃないかと50、60とレモン汁の割合を増やしていった。

２週間ほど経過して、濃厚レモン水で得られた影響は頻尿と胃もたれだけだった。普段ほとんど摂取しないレモン汁をいきなり頻繁に摂取したらそりゃ胃も荒れる。空腹が重なると胃痛も起こり、授業中にトイレに駆け込むこともあった。胃痛はトイレに行ってもどうにもならぬとわかっていたのだが、ポーチに胃薬を入れており、「生理で腹痛、腹も下している」的な生徒としてこっそりトイレで偽りの休憩をした。その後事情を聞いて呆れる母から保険証を借りて病院まで行き、胃薬をもらい、レモン水健康法は自分の中でなかったことにした。過剰なレモン摂取による胃痛もある意味病気だし、よく仕組みがわからぬまま試して強気で濃厚さを求めた性急さも病気といえる。あの時は、心も体も思春期特有の自意識に取り憑かれ病気状態だったのだ。「病気は数え切れないほど多種多様にあり、定義もいまだに視点によって違う曖昧なものです」と仲野先生がお話しされる中、多種多様な病気を一度に発症したんじゃないかと思われる「思春期レモン水事件」の記憶が蘇り、ひとり恥ずかしくなった。

新型コロナの世界レベルの感染症拡大により、私たちは「病気になりたくない！でも、病気になるってどういう事だろう……」と考えるようになったと世間の風潮を見て感じる。書店には病気に関する（特にコロナ）本が目立つ場所に積まれ、インターネットの記事もコロナ関連、それに乗じて生活習慣病予防的な情報を書き込んだものが増えた。ピンピンコロリが理想だと更に声高に叫ばれるようになったのもコロナの影響だと思う。人に迷惑を掛けるというか、ひとりで治せる病ではなく、さまざまな人々を巻き込んで、罹患者が悪者みたいな報道もされていた時期があった。「え……こんな沢山の人が治療が必要なの？」と知れば、誰にも迷惑を掛けず一生を終えることを美徳と感じやすい日本人にはピンピンコロリを目標とする流れも無理はない。加えて少子高齢社会、老衰も死因として高い割合を占める「お年寄りばっかりランド」日本を悲観的に捉えたら、病気に関する本が売れるのも無理ないだろう。特に認知症に関してはいまだ難敵として研究が進められている。予防対策はさまざまあるようだが、根本的治療にはまだ……という状況らしい。ピンピンコロリ、実は難しい。

ここ40年ほどで、日本の医学は驚くほど発達し、癌やHIV、コロナに至るまで「すぐには死なない、何なら老衰が死因にもなれる」レベルの治療やワクチンでの対応ができるようになったと仲野先生は評価された。先生はその40年を現役の学者としてしっかり見届け、尽力してきた方なのだ。そんな先生も、今後も医学は更なる発展を……とはお話しされなかった。遺伝子、生活環境、運が個々の病気になるかならないかを左右するというスタンスは変わらないという。せめて、遺伝子が傷つくリスクを把握し、それを招く環境（アルコールやタバコ、働き方等）を見直し、自分にとって納得できる医療機関と出会うことを願う……「（できるだけ）病気にならないようにする手段」はこれらに限るらしい。ミミタコ！　だと思ったが、ミミタコ！　と思う者ほどできていないのも知っている。仕方がない。初心忘れず地道に生きよう。幸い、遺伝子を細かく調べられるご時世だし。

壇蜜

「セックス」について考えてみた。

奥野克巳 おくの かつみ

立教大学異文化コミュニケーション学部教授。

1962年生まれ。一般企業勤務中にインドネシア放浪。一橋大学大学院修了。桜美林大学を経て現職。2006年よりボルネオ島の狩猟民プナンのフィールドワークを実施。主な著書に『ありがとうもごめんなさいもいらない森の民と暮らして人類学者が考えたこと』（新潮文庫）、『モノも石も死者も生きている世界の民から人類学者が教わったこと』（亜紀書房）。

タイで経験した「カモン、ベイビー」

壇蜜　大学で「セックスの人類学」を教えられていると聞きました。どんな授業なのですか？

奥野克巳（以下、奥野）　わりと大きな教室で、プロジェクターでマンガや写真などを見せながら教えています。マンガの導入部で、まず「性に目覚めたのは、いつどんなきっかけだったか？」というような話をします。たとえば、私が中学1年生のころ勉強部屋で下半身をいじっていて、急にものすごい勢いで飛んだときのことなどです。世に言う、精通ですね。その後長らく、実家にはこのときのあとが残っていました。

壇蜜　スキーのジャンプみたいな勢いを想像しましたよ……。でも、それは大切な思い出のあとですね。

奥野　お恥ずかしいですが……。

壇蜜さんの著書、『死とエロスの旅』（集英社、2019年）も読ませていただきました。私も若いころメキシコやタイに行ったので重なるところも多く、とても興味深い内容でした。

壇蜜　少し時代は違いますが、結構同じような祈りに対する思いを持つ国を訪れていますよね。

奥野　私は大学生のとき、ある先輩がタイで経験した話を聞いたことがあるんです。女の子に声をかけられ3Pをやったが、そのあとパスポート以外、所持金をすべてとられてしまったという。

それなら、と思って私も先輩の体験談の通りバンコクの中央駅であるフアランポーン駅の近くで、お金をもたずにうろうろしてみたんですが、なかなか女の子に声をかけてもらうことができませんでした。でも帰る直前にひとりの女性が、英語で「時間はあるか？」と聞いてきたんです。だから「あるある」と答えて、ついていきました。

壇蜜　ははは、なるほど。お金をもってなければ、とられる心配はないですからね。その方は、お綺麗な人だったたんですか？

奥野　そうですね、グラマラスな方でした。導かれるままモーテルみたいなところへ一緒に行き、「カモン、ベイビー」と言われました。言う通りにすると、つぎに「プリーズ、サックアップ」、舐めろというんですね。

壇蜜　ああ、そういうことですか。綺麗な人は、男性だったたんですね。今聞くと、ない話ではないような話かもしれませんが。

奥野　当時は英語もよくわからなくて、何かかちんと当たるものがあって、ようやく男性だと気づきました。「やってみないか？」と言われたものの、お断りして帰ってきたというわけです。

壇蜜　私もタイは性的にすごく寛容な国という印象を受けました。本にもいろいろ書きましたが、ニューハーフとか第三の性とか、レディーボーイとか。そういう方たちが差別を受けないような教育が行われているのも、見ることができました。海外を旅すると、本当にさまざまな新しい経験をしますね。

サゴ澱粉で新しい和菓子を開発？

奥野　私にとって文化人類学という学問は、そういう「旅」の延長という色彩が濃いものです。「セックスの人類学」の授業でも、世界各地で私が経験したことや、私を含めた人類学者たちが書いたセックスに関するエスノグラフィーを取り上げながら、半年間でさまざまな話をしているのです。

壇蜜　そのエスノグラフィーというのは何ですか？　そもそも文化人類学というのは何をどんなふうに研究する学問なのか、ぜひ教えてください。

奥野　たとえば私の場合2006年から、ボルネオ島の北側に広がるマレーシア領に約7000人いる、プナンという狩猟民が暮らす居住地でフィールドワークを行ってきました。最初は彼らの言葉もまったくわからない状態でしたが、600日くらい生活をともにしたあとに日本でその報告を書きました。こんなふうに人類学者が書いたフィールドワークの記録のことを、エスノグラフィーと呼んでいます。いわば未知の異なる文化に飛び込み、生業や行事といったものに参加しながら、そこで観察したり教えてもらったりして知り得たことを記録するわけです。

壇蜜　なるほど、よくわかりました。狩猟民ということは、農業や牧畜といった仕事は、まったくしないのですか？

奥野　プナンの場合、農業をするように促されてもうまくいかないことが多いのです。今は定住している人たちも少なくありませんが、それでも生活は狩猟と採集が中心です。彼らが住んでいるのは、混交フタバガキ林という熱帯雨林で、森の木は高いところで70メートルくらいあります。プナンの狩猟技術は驚くべきもので、たとえば樹上30から40メートルにいるサルや飛んでいる鳥を、吹き矢で簡単に落としてしまう。私たちが見ると、いつの間に、どこに向かって吹いたのか、まったく気づかないくらいのすごい早業です。

壇蜜　すごい。吹き矢ですか！　そうやって捕ったサルや鳥を、プナンの人たちは食べているのですね。熱帯雨林に暮らすサルってどんな味がするのか、ちょっと興味はあります。

奥野　カニクイザルは臭くてあまり美味しくないから、私はあまり好きじゃなかった。ブタオザルとテナガザルは、ものすごく美味しいですね。吹き矢だけではなく、最近はライフル銃を使ってシカやヒゲイノシシを狩ることもあります。

壇蜜　ご飯というか、お肉のほかは何を食べているんでしょうか？

奥野　サゴヤシという木があって、そこからとりだしたサゴ澱粉（でんぷん）が主食です。片栗粉やタピオカのように乾燥させて貯蔵するのですが、それをお湯のなかでかきまわし、餡状にして食べるんです。

壇蜜　ユルいうどんみたいな感じかなあ。それより、葛湯とかに似ているかも。これをご飯のように主食にして、何かのおかずと一緒に食べるということですね。

奥野　そうです。何かの動物の肉や肉汁と一緒に食べることが多いです。

壇蜜　私は調理師専門学校を卒業し、和菓子工房で3年間働いたことがあるんです。だから、食べ物の話はすごく気になります。餡状のサゴ澱粉の話を聞いていると、これに何か和菓子ふうの味をつけて、コンビニのスイーツコーナーあたりで売れそうな気がしてきました。ぺらっとしているので黒蜜をかけるとか。ゆるめの漉し餡と二層にしても、美味しいかもしれません。冷やして、夏に食べるとか。

奥野　餡状のサゴ澱粉のデザート、それは斬新ですね。サゴ澱粉はフィリピンやマレーシアから輸入できますが、日本だと結構高価かもしれませんよ。

壇蜜　では、妄想だけにしておきます。私、ネパールに行ったときもチウラというお米の乾物が気に入って、帰ってから「チウラの煮込み」をつくってみたんですよ。パリパリ感とお米のつぶれた感じが絶対に合うと思ったんですが、夫や家族に作っても誰も美味しいと言ってくれなかったんです。残念ですが、日本では流行りそうにありません。

奥野　ははは、なんだか面白い話ですね。

プナンの生活と「枕辺の語らい」

壇蜜　狩猟や食生活といったものは、長く一緒に暮らしていると、だんだんわかることも多いと思います。でもセックスを含め、もっと深い人生のあれこれについて知るためには、やはり言葉を使っていろんな質問をするのですか？

奥野　まずは言葉をマスターするのに、1年くらいかかることが多いのですが、ただ言葉を勉強してそれからインタビューするというような単純な話ではありません。

壇蜜　（写真を見ながら）小屋みたいな家にたくさんの人たちが雑魚寝状態で暮らしていますね。アンケートやインタビューをして、それに答えてもらう……というのは難しいということですね。なんとなく、全体の雰囲気で察するとか？

奥野　そういうことですね。そしてすごく不思議なのですが、こういう場所でプナンと一緒に暮らしていると、なぜか私も日本にいるときより、よく眠れるんです。朝までぐっすりと目が覚めなくて、それが結構いい。そして日が暮れてから一緒にだらだらと寝そべっていると、彼らが話していることが、夢なのか現実なのかわからないですけれども、頭のなかに入ってくるんです。そういう時間を多く過ごすことで、彼らの世界が理解できるようになるんです。

壇蜜　ああ、情景がすごく目に浮かびますね。お話を聞いていて、思い出したことがあります。私は中高一貫の女子大附属校に通っていました。厳しい校則があったので合宿のときなど、消灯後はおしゃべりや騒ぐのも禁止なのですが、「ちょっとだけならしゃべっていいよ」と言われていたのです。

奥野　ほう、ちょっとだけですか。

壇蜜　「枕辺の語らい」と呼ばれていたんですが、15分くらいまでなら、小さな声でしゃべっていても許されます。誰が何を話しているかわからないけれども、なんとなくひそひそと声が聞こえてくるような感じを思い出しました。聞いているほうも、話しているほうもよく眠れる。そんな雰囲気じゃないですか？

奥野　そうですね。枕辺で語っていると、なんかこうリラックスして、自然に体が休みのモードに入っていく。

壇蜜　でも、だんだん盛り上がりすぎて、廊下で正座させられちゃった子もいますけどね。

奥野　ははは、そうですか。プナンの場合、朝もにぎやかです。たとえば起きると誰かがオナラをします。すると、それに返すように、誰かがまたオナラするんですが、音が同じじゃない。「ぷ」「ぷぷぷ」「ぷーーーーん」とかいろんなオナラなんです。

壇蜜　ロングトーンのオナラですか（笑）。それも合宿っぽくて楽しそうですね。

奥野　はい。屁合戦みたいなことになっている。彼らの話を聞いていると、「臭い」とか言っているやつもいれば、「いやあ、昨日お腹の調子が悪くて、何も食べられなかったから屁も出ない」とか言っているやつもいて、もう爆笑の渦なんです。

蚊帳からはみ出すようなセックス

壇蜜　見せていただいたプナンの写真からも、みんなオープンだし、わりと平等な感じが伝わってきます。

奥野　そうですね。食事の様子などを見てもわかりますが、プナンの社会には上下関係がほとんどなくて、男も女もすべて平等なんです。

壇蜜　男女の関係も、わりと平等なのですか？

奥野　はい。セックスに関しては、第二次性徴後ほどなく相手を探して、夜這いなどを通じて男女の情愛関係をはじめます。それもこういう小屋のなかですから、家族の見守りのなかで育まれるわけですね。

壇蜜　なるほど、2人っきりにはしてくれないんですね。

奥野　プナンの小屋のなかには蚊帳が吊られていて、そこで寝ます。夜這いが決まると、その蚊帳をひとつ空けておくわけです。そこでお話ししたり、いちゃいちゃしたり、行為をしたりする。プナン語では激しいセックスのことを、「蚊帳からはみ出してた」と言います。

壇蜜　「はみ出していた」というくらいだから、まわりの人も気にはしているんですね。蚊帳を用意しておくということは、夜這いされることも事前に知っているわけですね。

奥野　たとえば昼間に家族が過ごしていると、男がやってきて、「今夜、来てもいいか?」みたいなことを言うわけです。

壇蜜　夜這いの、予約だ。その場合、気が乗らないと女性のほうが断ることもあるんでしょうか。

奥野　あります。あまり、はっきりとは言わないですが、隠れてしまったり、会わなかったりする。いろいろなパターンがありますが、本人が出てきて「いいよ」と言うことは、それほど多くないですね。妹が言うとか、家族が伝言する。

壇蜜　直接、本人には言わないんですね。

奥野　世間話のなかで、家族に「今日いいか?」みたいなことを言うと、それが女の子に伝わって、「いいよと言っているみたいだ」とか伝えられる。そのあたりは微妙なところで、だから本人がオッケーしているかどうか、みんなが公然と知ることになる。

壇蜜　家族のなかで、雰囲気がわかる。なんとなく融通して、相手に伝えるわけですね。すごく奥ゆかしい気もします。狩猟民族だし夜這いだしということなので、なんとなく直接的なものをイメージしていたから、意外な感じがします。

奥野　プナンは暮らしそのものが結構、奥ゆかしい。控えめです。お客が「昨日、ヒゲイノシシとってきたんだって？」と言ったら、「いや、大したことはない。小さいイノシシだった」と否定するような感じです。狩猟でとってきた動物の名前も言わない。それを言い換えるための控えめな表現が特別にあったりするんです。

セックスに話を戻すと、精液は必ず女性器に射出されなければならないと考えられていて、マスターベーションをする男性はいないようです。

壇蜜　マスターベーションの概念がないのですか？

奥野　男の子たちは第二次性徴を迎えると、もう9歳くらいでお兄さんたちについて隣の村へ夜這いに出かけていきます。最初はただ行って帰ってくるだけ。しょんぼりしている感じですが、それも何度か繰り返すうちに成功する。だから、マスターベーションがないというのも、性的な行為そのものがダイレクトかつストレートにはじまるという理由もあるのでしょうね。

それから、たとえば男性が女性器を見るのもだめです。だからクリトリスの存在も知られていません。

壇蜜　直視しないということですね。女性が男性器を見るのはいいんですか？

奥野　いや、だめだと思います。これは全部、調べたわけじゃありませんが。というのも、こういう話題を女性に聞くと恥ずかしいといって、はっきりとは教えてくれないのです。でも、女性も男性の性器を見ちゃいけないと思います。だから、フェラチオとかもないですしね。

壇蜜　そこも控えめといえば、控えめなのですね。

結婚は家族の出発点ではない

奥野　プナンは基本的に一夫一婦制です。ただし長期的にはパートナーを替えることが許されている。たとえば10代で2回結婚し、20代で3回、30代で1回、40代でも1回とか、どんどん相手を替えて何度も「結婚」するという感じです。だからその時どきでできた子がたくさんいます。子どもの側から言えば、兄弟姉妹はたくさんいるんですが、それはお父さんやお母さんが違っている兄弟なんですね。

壇蜜　じゃあ、一時的でも「二股」はありえないということでしょうか?

奥野　そうですね。二股になりかけると、別れて次にいく。別れたら別の人。ひじょうに合理的ですね。だから、結婚式のような儀式も戸籍みたいな制度もありません。つまり結婚は家族の出発点ではない。男女の性愛関係が維持されることが「結婚」ということになる。

壇蜜　ふたりの性愛関係が維持されていれば、結婚していると見なされる。それがなくなると離れたんだなとわかる。そこもぼんやりというか、ざっくりですね。だとすると、みなさん結構な回数と人数の経験をしているのですよね。先ほど男女の関係も平等だと仰いましたが、女性から男性の側へのアプローチはないのでしょうか？

奥野　もちろん、ありますよ。どちらかというと若いときは、男性から夜這いを持ちかけるということが多いかもしれませんが、２回目以降ではむしろ女性が積極的な面もあるようです。

ところでプナンの性生活に特徴的なものとして、男性器につける木製のペニスピンである「ウトゥンニー」が挙げられます。（写真を見せながら）これはどう思われますか？

壇蜜　ええと、これは写真を見てもどうなっているのか、よくわからないのですが……。

奥野　亀頭のところに２本、両側から小さな棒のようなものを刺しているのです。形もいろいろあるのですが、木を削ってつくります。

壇蜜　そうか、ピアスみたいに自分の体に穴をあけているんですね。でも一体、これは何のために？

奥野　ウトゥンニーは、つける男性とつけない男性がいるのですが、それも、「妻につけてほしいと言われたから」とか、女性のほうが希望してつける場合もあるんです。よく彼らは言います。「女が気持ちよければ、男も気持ちいい」。だから私はよく、これは民主的快楽の道具だと言っているんですよ。

壇蜜　うーん。みんながみんなそうなのかなあ……。

奥野　日本の女性からは、これって入るんですか？　とか痛いんじゃないんですか？　血が出るんじゃないんですか？　と言われます。

壇蜜　あと、中でとれちゃうと困るんじゃないかとか、そんな心配もしちゃいます。

奥野　それは聞いたことがないけれど、ときにはあるのかもしれませんね。ただ痛そうですよね。プナンの男たちは、若い女の子には不向きだとも言っています。かつて、ペニスピンをつけて性交し、出血して死んだ女の子もいたとか……。だから何度目かの結婚で、これがあるといい、というようなことを言っています。

壇蜜　つまり、「玄人向き」なんですね。

奥野　苦痛が快楽に転じるということだと思うんです。痛いんだけど気持ちいいというような。あとはこれ、性的パワーの象徴なんですね。よく磨かれて、黒光りしているようなものをつけている人もいたりするんです。

壇蜜　こればかりは、やはりプナン女性の意見も聞いてみたくなりますね。男性のほうが、「話を盛っている」という可能性もあるわけだし……。

奥野　そうですね。文化人類学のフィールドワークにも、どうしてもジェンダーのバイアスがあります。壇蜜さんのような女性がボルネオ島に行けば、もっと女性たちの話を聞くこともできるかもしれませんね。ただ女性の話を聞けばすべてわかるかというと、そうでもない。常に何らかのバイアスがあることを認めた上で、インタビューから得られる直接的な説明以外のさまざまな方法も駆使しながら、その民族や社会のあり方を描いていくのが、文化人類学のエスノグラフィー（民族誌）です。

ハプスブルク家みたいなことにはならない

壇蜜　でも家族のなかには、異母兄弟や異父兄弟がいっぱいいいるんですよね。そういう環境で近親相姦とかは、ないのでしょうか？

奥野　インセスト・タブー（近親相姦の禁忌）というのは、社会によって厳格に決まっていて、文化人類学でもひじょうに重要なテーマになっています。プナンの場合、「いとこ」との性交渉は禁じられている。「はとこ」からＯＫなんです。日本の場合、昔からいとこ同士は結婚できるんですよね。

壇蜜　そのあたりの区別は、誰でもできるものなんですか？

奥野　ええ。すごくそこは得意ですね。誰が誰の子どもかということに関しては、子どものころからずっと一緒に暮らしているだけに、すごくよくわかっている。

壇蜜　そうか。誰と誰の血がどのようにつながっているのか、間違えようがないんですね。もちろん、伯父と姪とかはなしですね。

奥野　もし関係をもったりしたら、まずいというより、共同体にいられないでしょうね。やっていいこと、いけないことに関しては厳格な形でタブーになっています。

壇蜜　そこはハプスブルク家の人たちにも、知っていていてほしかったですね。あちらは、大変なことになっていましたから。

奥野　かつてのハワイ王国などもそうですが、文化人類学でよく言われているのは、王族がインセスト・タブーを逆に利用する場合がある。自分たちだけは特別であり、平民ではなく王族であるということを、近親者同士の結婚で象徴的に示しているんです。日本でもヨーロッパでも、そういう傾向があったと思います。だから貴族のあいだでは、近親でも結婚が許されていた。

壇蜜　それだけ身分や財産などで「守るべきもの」が多い社会ということなのかもしれませんね。お話をうかがっているとプナンの人たちは男女も平等だし、生まれた子どもたちも、みんなの子どもという感じで、とても豊か。そういうところでは、近親者だけで固め、一族の利益を守っていくなどという発想は生まれない気がします。

プナンは「ないことの王国」

奥野　ここまでセックスや男女関係を中心にプナンのことを語ってきました。壇蜜さんも感じられたように彼らの生活はシンプルだし、日本人から見ると彼らは、「ないことの王国」に暮らしていると言えなくもないと思います。

たとえばプナン語には、「こんにちは」とか「さようなら」のような挨拶の言葉や「ありがとう」や「ごめんなさい」にあたるものがありません。家にはトイレがない。道や方向の概念もない。時間の概念が薄いから、過去にしたことの反省もない。最初行ったころ、子どもたちに「将来、何になりたい？」みたいなことを聞いたんですが、ぽかーんとして何も言わない。

壇蜜　そうか、流れる時間を意識するから、あのときはこうだったと反省することもあるし、将来の夢もあるということですね。でも、お互いに挨拶もしないのですか？

奥野　まあ、会ったときに言葉を交わすというようなことはあります。たとえば男同士が、「勃起している？」などと冗談めかして言い合ったりはするわけです。まあ、「元気ですか？」というのは、そういうことですよね。

壇蜜　「あっちの調子はどう？」みたいな感じでしょうか。ちなみにプナンの人たち、数字の概念はあるんですか？

奥野　数は一応、10くらいまではあります。ただ、学校に行かないと、計算はほとんどできない。私たちは農耕民の子孫なので、今年の収穫のためにいつどのくらい種まきをするか、というふうなことを決めるわけです。それにくらべると、狩猟民は森のなかに入り、そこで動物を狩猟して食べれば、まあ糧になるわけですから。

壇蜜　なるほど。それは行き当たりばったり系ですね。でも、今日は獲物に会えますようにと祈るとか、動物の群れがこっちに来るようにお呪い(まじない)をするとか、そういうものは存在しないんですか?

奥野　ないですね。そういう意味ではおっしゃる通り、行き当たりばったり系でしょう。だから、プナンには儀礼的なものがほとんどないんです。儀式ですね。葬儀だけは最近、近隣の農耕民の影響を受けてやっているようですが、それもかつては、近親者が死ぬと心痛から逃れるために死体をその場に埋めてできるだけ遠くに移動していたんです。そういう意味で、プナンには「弔う」という概念がないとも言えるかもしれませんね。

死者を忘れ、なかったことにする

壇蜜　人が死ぬとみんなで弔うのではなく、逃げてしまうんですか?

奥野　かつては、そういうことが行われていました。死が起きた痕跡から遠ざかることが重要で、死者そのものを思い出さない、消し去ってしまうことが重要です。だから、お墓をつくるなんてもってのほか。

壇蜜　お墓って、思い出すための目印ですからね。後ろ髪をひかれない人たちなんですね。

奥野　葬式が行われるようになった今も、どちらかというとその傾向があるのですが、服とか靴とかいった遺品もすべて燃やしてしまい、その人の名前は一切言っちゃいけないというふうにされているんです。

壇蜜　社会のなかでその人をどんな名前で呼ぶのかというのは、すごく大きな意味をもっていますよね。アイヌでも、好きな人にだけしか教えない名前があるとか聞いたことがあります。日本では、亡くなった人をみんなで偲んで思い出しながら、弔います。そして、死んだ人には戒名をつけたりもしますよね。戒名をつけてあげるのも、親孝行のひとつだなんて言う人もいますけど……。

奥野　人が死んだ後につける戒名や法名は、もちろんありません。日本では死者に別の名前をつける、という話をしたら、彼らはぽかんとしていましたね。まったく理解できないと思います。彼らは、逆に人が死ぬと自分たちの名前を変えます。彼らの説明によると故人が、日頃呼んでいた名前をもっていってしまう。「だから、自分たちも名前を変える」というんです。

壇蜜　死の国に行くときの持ち物として、死者が家族の名前をもっていってしまう？　死者に名前をつけて弔いの対象にまつりあげる私たちの発想とは、完全に逆ですね。

奥野　「デスネーム（死の名前）」ともいわれるものがあって、その場合は死者との関係で名前が決まります。お父さんが亡くなった長男はウヤウ、お母さんが亡くなった長男はアパー、といった名前が共同体のなかで決まっている。こういう習慣の背景には、死者は死んだら終わりという、彼らの考えがあります。死んだら、記憶に残らないほうがよいと思っているのです。だから、あたかもその人がいなかったかのように振る舞う。

壇蜜　死者が最初からいなかったと考えるわけですね。そこで、すべてをチェンジする。なんか、すごく斬新な感じがします。日本みたいに、家族葬で火葬にしてお骨になったけど、こんどはファンが集まって別の所で「お別れの会」もやります、みたいな有名人の送り方は、きっと意味がわからないでしょうね。でも、そうやって名前を変えていると、同じ名前の人がどんどん増えてしまいませんか？　長男はみんなウヤウさんやアパーさんばかりになってしまうとか……。

奥野　そのあたりは、一定の期間が経つと元の名前に戻すなどして、同じ名前になるということはありませんね。

壇蜜　なるほど、うまくできているのですね。でも、やっぱり愛する人を思い出して、悲しくなったりしないのでしょうか？　そんなときには、「ああ、○○さん！」みたいに、その人の名前を呼びたくなる気もします。

奥野　はい、どうしても夜暗くなると思い出してしまったりするのが、人間というものですよね。プナンの人たちにも、もちろん悲しいという気持ちは強くある。そんなとき彼らは、言葉ではなく、鼻笛（クレンゴット）。英語ではノーズフルート）という楽器を吹くんです。プナンの鼻笛は、日本でいえば篠笛などに形が似ている、竹でできたシンプルな横笛ですが、どちらかというと尺八のようなもの悲しい独特な音色なんです。決して名前は呼ばないけれど、鼻笛を吹いて彼らは死者と心の交流をするんです。

檀蜜　夜、愛する人を思い出し、名前を呼ぶことはできないけれど、かわりに鼻笛を吹く。なんか、すごくロマンティックですね。むしろ、そのほうが「思いを馳せる」という感じがします。自分のなかだけでおさまりをつけるところに、ぐっと感じるのかもしれません。

デートという概念はある？

奥野　そうですね。私たち日本人は死者を弔うことが「あたりまえ」と思っていますが、プナンの人たちのやり方を見ていると、そうではないやり方もある。

　前半のセックスの話もそうですが、私たちが「あたりまえ」と思っている前提のないところ、常識的な見方を解体したところでリアルな何かが見えてくるということがあります。そのあたりが文化人類学の面白さというか、大きな役割のひとつだと私は考えています。

檀蜜　セックスの話のなかで私がどうしても気になってしまったのは、プナンの人たちにもデートをすることがあるのかどうか。ほのかな恋愛感情を抱いたり、それを確かめたり深めたりするためにデートをする。「好きだから深い仲になりたいなあ」「いずれは夜這いしたいなあ」とか。つまり、そういう恋愛におけるプロセスの概念があるのかどうか、なんです。

奥野　日本語でいうデートとは意味合いが違うかもしれませんが、情愛関係におけるプロセスはあります。ある独身の少年（つまり、まだ決まった「結婚」の相手がいない男性）に描いてもらった絵があるのですが、それは河原で男女がセックスをしている様子を描いたものでした。

夫婦になる前でも、なった後でも同じですが、男女が2人でどこかへ行くというデートのようなものはあります。もちろん、それは河原を歩くとか森のなかを歩くといったようなことです。よく聞くのは、2人で魚釣りをしにいったとき、というような話ですね。

壇蜜　2人で魚釣りのデートをして、セックスにおよぶということもあるんですね。

奥野　やはり大人数の家族がいるなかで、というのはそれなりに難しいのでしょうね。熱帯雨林なので、夕方になると雷がおきて雨がものすごく降ります。そういうときなら音が消せる、そんなときを見計らってやる、という話も聞きます。

壇蜜　よかった、プナンの男女にもデートの概念があって。なぜだか、ほっとしました。デートを楽しんでほしいですもの。

対談を終えて

「戒名」よりも「鼻笛」のほうがいい

昼下がりの立教大学。スライドを使う都合で薄暗くセットされた室内に、男性はティアドロップ型のサングラスとマスク姿で現れた。我が亭主がマスクをしてメディアに出るタイプの半分覆面漫画家ということもあり、「あれ？　身バレしてはいけない方なのかな？」と勘違いをしそうなほどミステリアス極まりないスタイルの人……今日講義をして下さる奥野先生に抱いた第一印象だった。大学の先生をしていて身バレしてはいけないわけなどないだろうと心の内で自分に自分で突っ込みを入れたところで、講義は始まった。日本から遠く離れた島にある森の奥深くに暮らす民の性愛についてのお話。どんなセックスをして、どんな生活を送り、どんなことを考えているのか……文化人類学を専門とする奥野先生自らが現地入りして調査、体験したことを伺った。

ボルネオ島の先住民プナンは、森の中で食料を狩猟により調達する。近年は農耕にもプナンは従事するが、森の民たちは毒の吹き矢や銃で鳥やサル、ヒゲイノシシ等の獲物を狩るほうが得意らしい。食生活は比較的豊かだという。「車出すから狩猟頼むよ」「わかった。森での移動は任せた」というようにギブアンドテイクのようだ。

昔からほぼ変わらない狩猟メインの生活、10歳にも満たないうちから大人に連れられ、集団夜這いについていき、マスターベーションを覚える前から性行為を教わり、感謝や謝罪の言葉がないため恩義を感じたり反省したりもせず、かつては死者が出たら埋めて逃げるように引っ越す習わしがあり、今は火葬の文化が浸透しているが、死者の所持品も全て燃やし、「いなかったこと」として禁忌扱いする……森林の民たちの特徴を奥野先生が挙げる度に「随分とドライで私の知る優しさみたいなモノが見えにくい世界だなぁ」と、正直少し気持ちがザワザワした。

しかし、これらの特徴は「見た感じはね」という前置きがあった。狩猟メインだからといって男性が威張っているわけではなく、食事も就寝も男女で場所や順番を変えないし、子育ても母親に任せっきりということもない。夜這いも昼からお目当ての女性の家族にそれとなく交渉をし、予約をする。女性をダイレクトには誘わず、いざ行ってみてダメだったとしても無理強いもしない。集団で夜這いをするのは年上の者が年少者にお手本を見せる意味もある。感謝や謝罪の言葉がないのは常に助け合うことを大切にしているから。死者への扱いも一見乱暴に見えたとしても、名前はもちろん、「いたこと」を口に出すと良くない（身内は死者のために一定期間名前を変える決まりもある）という信仰があるだけで、思い出してひとり黙って悲しみにくれることは多いという。鼻から息をだして笛を吹く「鼻笛」を吹き、故人を偲ぶ独特の手法があるようだ。お金を払い戒名を与えて、参列者の都合により繰り上げ七日法要をしがちな我が国よりよっぽどゆとりがあってロマンティックだった。優しくないなんて思ってしまい反省。

森の民には時間の概念もない。腕時計をしている者はいるが「カッコいいから」という理由で時間はデタラメ状態。時間の概念はないが、女性はセックスについて「だんだん気持ちがよくなること」と考えているし、男性は大人として成熟してくるとペニスにピアスをするのだが、そのタイミングも「まあ、そろそろかな」と判断する。しかもピアスは女性の快楽のためだけでなく男性の快楽のためにもする。ざっくりであるが自分たちなりの時のモノサシを持っていると聞いて、むしろ寛容で大らか！　とさらに反省。

森林の民はこれからも奥に秘めた優しさを抱きながら小規模な人数ながらも相手を選び選ばれセックスを繰り返し存在していくのだろう。「だんだん」と「そろそろ」に身を任せながら。

壇蜜

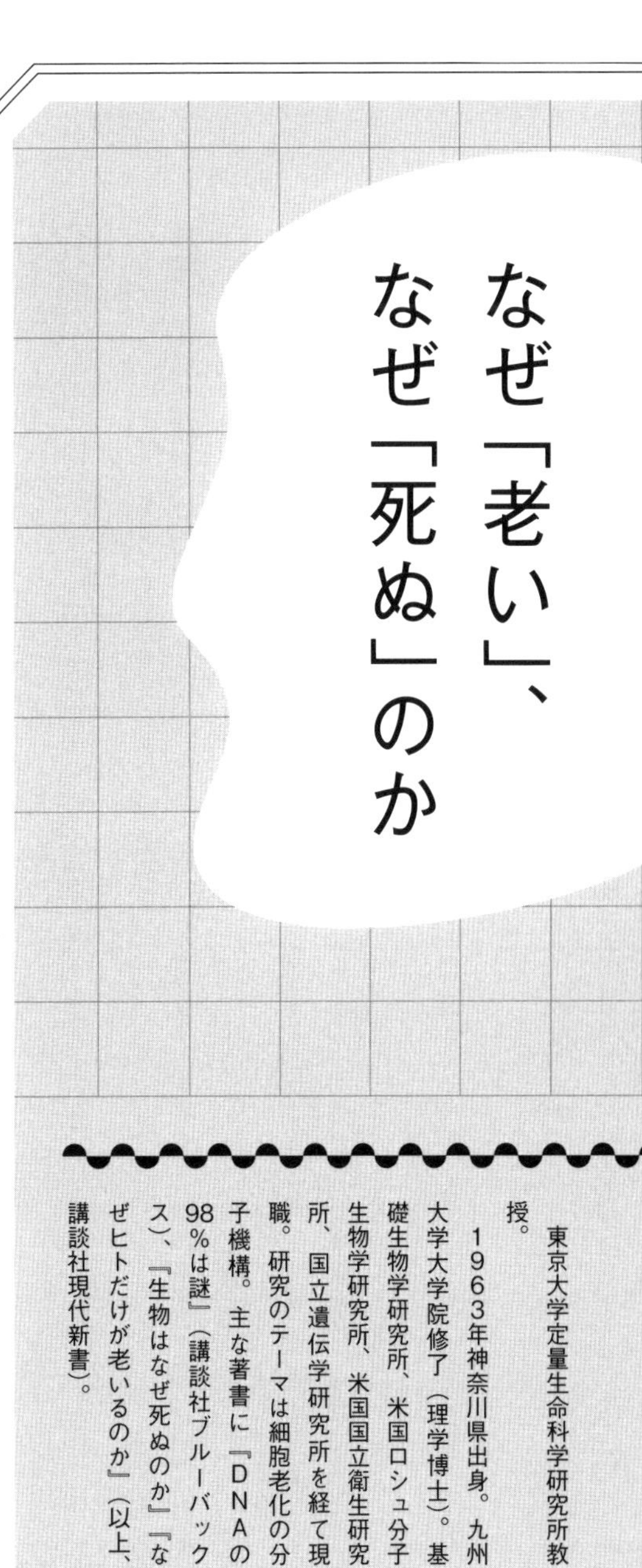

なぜ「老い」、なぜ「死ぬ」のか

小林武彦
こばやし　たけひこ

東京大学定量生命科学研究所教授。

1963年神奈川県出身。九州大学大学院修了（理学博士）。基礎生物学研究所、米国ロシュ分子生物学研究所、米国国立衛生研究所、国立遺伝学研究所を経て現職。研究のテーマは細胞老化の分子機構。主な著書に『DNAの98％は謎』（講談社ブルーバックス）、『生物はなぜ死ぬのか』『なぜヒトだけが老いるのか』（以上、講談社現代新書）。

究極の動物、ハダカデバネズミ

壇蜜　小林先生のご著書『生物はなぜ死ぬのか』はタイトル通りの深いテーマについて書かれてるのですが、「長寿のコツを他の生物から学ぶことはできないでしょうか？」という内容のところで、私も個人的に以前から目が離せなかったハダカデバネズミが登場してきてくれて、なんだかすごく嬉しくなりました。ハダカデバネズミって名前自体がちょっと悪口じゃん、とは思っているんですけど……。

小林武彦（以下、小林）　毛がほとんどなくて、「はだか」なのがユニークですよね。それに、出っ歯。まったく見た目通りの名前ですよね。

壇蜜　どれをとってもインパクトよ……、みたいな。でもデバ（ハダカデバネズミ）って完全なる役割分担をしていて、生きること、繁殖することにすべてを捧げるすごい生き物だと私は感じています。デバの社会には部署のようなものがあって、代々その役割を担うデバたちは変わらないんですよね。食べものを供給する係、育児係、壁を修復する係、それから外部の敵に食べられる係まで……。たしか目は、ほとんど見えてないんですよね？

小林　土のなかで穴を掘って暮らしているので、視力はモグラくらいに弱っていると思います。彼らが生きてこられたのは、変わらない地中という環境で競争がなかったからだと思います。おっしゃる通りデバの社会はすごい分業がされていて、驚くほど効率がいい。生物のなかでは、ひとつの究極の形だろうと私も思っています。ただ遺伝的な多様性は、少ないです。みんな血縁関係なんですよね。めったなことでは他の家族と交わらない。何十年かに一回くらいは、洪水が起こったりして遺伝子が混ざることもあるみたいなんですけど。

壇蜜 弱くても変わらない世界をつくって生きてきて、それを極めたということですよね。

小林 人間も、少し似たような状態にあると思います。ヒトという動物は、環境を自分たちの思うままに変えて生きているじゃないですか。家をつくり、暑かったらエアコンつけたり、寒かったら暖房をつけたり。そういう意味では、デバとあまり変わらないんですよね。

壇蜜 私たち、デバ化してますよね。そういえばミーアキャットも社会性の強い動物で、やはり似たような点があると聞きました。ただ、ミーアはそれほど寿命が長くはないですね。

小林 外敵がいる小型の生き物は通常長寿化は難しいです。社会性の強い生き物たちには「集団知（集団的知性）」があり、それが私たちに理解できないくらい高等なところまで発達しているのでしょうね。魚の群れなども、すごく統制されているように見えます。お互いにぶつからず、さっと同じ方向へみんな行くわけですよね。人の同調圧力も元を辿れば似たようなものかもしれません。

壇蜜 かといって、先頭の魚が偉いリーダーというわけでもない。すごくバランスがとれていますよね。

小林　先頭も融通無碍に変わりますからね。集団心理が強く、1匹か数匹かがある方向に行くと、みんなそちらを向く。それが全体としては正しい方向に向かっているというような。不思議ですよね。石狩川を下った鮭の群れのなかには、遠くベーリング海まで行って戻ってきたのがいるでしょう？　群れのなかに1匹くらい飛び抜けて記憶力のいいやつがいて、帰り道はあっちだと覚えているわけじゃないとは思うのですが。

壇蜜　あ、もしかしてそれが「幻の魚」と呼ばれている「鮭児」だったりして。なんか群れのなかに未成熟の個体が混ざっていて、なかなかお目にかかれないし、すごく美味しいらしいんです。「鮭児に任せて、俺たちはあいつについていこう」みたいな感じで……。

小林　だとしたら面白いですね。でも単独でも帰ってくることができるのか、興味がありますよね。

壇蜜　集団で動く生き物は、やっぱり個になると弱い気がします。

小林　だめですね。アリなんかも丈夫そうだけど、1匹飼いするとすぐに死んじゃいますね。ネズミにも、同じ傾向があります。

壇蜜　私も家で動物を飼っていますが、ペットの場合はそのペットの家族が種類の違う動物ということもあるじゃないですか。それで長生きする種もいるし、それだとだめな種というのもあるかと思います。飼育された生き物の寿命というのも、気になるところです。

小林　ペットとしての歴史がすごく長いイヌのような生き物は、飼い主であるヒトを仲間だと思っていますよね。むしろ自分と同じイヌに対し、「何だコイツ?」というような態度をとっていたりして。

人間はべたべた群れる生き物

壇蜜　人間も、コミュニティのなかで暮らす生き物ですよね。ただ、今はそのコミュニティの形が、どんどん変わってきていると思います。リアルコミュニティが弱くなって、ネットコミュニティがたくさんできたり……。ご著書にも少し書かれていましたが、リアルとネットで人格を使いわけるような方もいらっしゃいますし。

小林　今はもう驚かなくなりましたが、研究者でも、会うとすごくジェントルマンなのに、ネットでは過激という方がいらっしゃいます。

壇蜜　たぶん私はネットの世界にいるときが一番、「よそゆき」の格好です。でも、なかには自分の部屋にいるときみたいにスウェットでくつろぐようなムードの人もいます。そういう人は、集団に属さなくても生きていける、という自信があったりするのかなと想像します。

小林　それでも、やはり人間にとって「一匹狼」はすごく難しいと思いますよ。オオカミだって、本当は1匹じゃ生きていけないと思うのですけれど……。哺乳類は、特にグループをつくる種が圧倒的に多い。そもそも交尾をしなくてはならないので、1匹で生きるという発想はありません。少なくとも、人生というかライフのある時期には集団内で暮らし、そこでいろんなことを学んだりしています。人間もひとりでは、とてもじゃないけど生きていけない。

壇蜜　それは、心も身体もということですよね。

小林　ワンオペとか自給自足は、生きるために多くのエネルギーを使います。いわば朝から晩まで、今日は何を食べるかということを考えないといけない生活ですよね。私たちは分業をしているおかげで、それをしなくてもいい。

壇蜜　デバもそうですが、分業ってすごく効率がいいですよね。人間もワンオペや自給自足を続けていると、早く命を終えることになりそうですね。

小林　身を守るのも、自分ひとりでしょう？　先ほどの魚なんかでも、群れることで相手に威圧感を与えられます。だから群れから離れてひとりぼっちになると、食べられる可能性は大きくなります。

壇蜜　人間も動物も、その意味では同じということですね。

小林　はい。人間の場合も、つい最近までは家族や学校、コミュニティに所属していないと生きられないというのは当たり前だったでしょう。

壇蜜　互助会みたいなところで、生きていくイメージですね。

小林　そこにいないと必要な情報も得られないし、お金も入ってこない。でも今はなんとなく、ひとりでもバイトはできるし、ネットにはひとり同士の仲間がいたりして、コミュニティを脱しても生きていけるような「錯覚」に陥るんです。社会がこれからどうなっていくのか、少し心配です。

壇蜜　人間は長いあいだコミュニティのなかで役割分担をし、協力し、共感しあって生きてきたんですものね。それが、コロナの影響もあると思うんですけど、すごく変わりました。

小林　コロナで、だめ押しされた感じはありますね。とにかく「閉じこもっとけ」だったでしょ。特に若者は、移動したり群れたりするのが「仕事」です。社会性の生き物として成長していく大事な過程にある。他人とたくさんの関わりを経験し、付き合い方、身のかわし方を身につけていかなきゃいけない年代が、すごく大きな影響を受けていると思いますね。

壇蜜　読み書きを学べる年齢があるのと同じで、それってある程度のリミットがありますよね。今回の感染症拡大はそういう意味で、すごいインパクトがあったと思います。ただ、さまざまな危機は人間同士を結びつける機会にもなるとも思うのですが、コロナとの戦いは一人ひとりの孤独を強める力が強く、たぶん老いも、生命が尽きるのも、早くなったような気がしてしまうんです。

小林　やっぱり人と会わないとか、好きなことができないっていうのは、すごいストレスですよね。ストレスは、体にも心にもよくない。人間はもともと、べたべたと群れる生き物です。それができないのは極端にいえば、食べるなとか寝るなと言うのにも近い。

壇蜜　たとえば、病気の予防ばかり考えて生きていると老ける。そんな気がしてならないんです。極端な言い方ですけど、不要不急を禁じられると人は老けるなという私なりの答えが出ているんです。だんだん、生きる力やガッツがなくなる。

小林 強くストレスがかかっている状態ですよね。好きなことができないと、小さなことに過剰反応を示したり。自律神経というのはかなり精神とリンクしていて、やはりハッピーなときには免疫機能も高い傾向にあると思います。

壇蜜 これは聞いた話ですが、忍者って老けるのが早いらしいですよ。

小林 いつもハイプレッシャー状態ですからね。現代でいうと外科医とか、飛行機のパイロットみたいな感じかなあ。

壇蜜 これも完全に偏見ですけど、お坊さんには老けた人が少ない気がします。心が豊かになる修行をしているからでしょうか。

ストレスを発散する方法

壇蜜 早く老ける人となかなか老けない人がいる。それもストレスとすごい関係していると感じます。

小林 動物でも、そうですよ。生物学ではよくネズミを実験で使いますが、仲の悪い2匹を一緒に入れておくと、ストレスでどんどん毛が抜けちゃいます。もちろん、死ぬのも早い。

ヒトもそうですが、もともと仲間と暮らすのが自然という動物は、何匹か飼わないと「虐待」みたいになってしまう場合もあります。

壇蜜 そう考えると、コロナ禍で学生たちは本当に気の毒でしたね。

小林 大学生はひとり暮らしが多いですからね。ひとりっきりの部屋でオンラインの授業を受け続ける……。

壇蜜 だとすると、今の学生は将来的に老けるのが早いなんてこともあるのでしょうか。

小林 それはわかりませんが、ただ壇蜜さんがおっしゃったことはすごく重要で、人生の喜びがなければ、生きる元気が出ないですよね。私もこの歳になって、つまらないことばかりが続くと食べる元気すらなくなります。ただ幸い趣味は多いので、そのおかげで生きていると感じます。特に海で泳ぐのが好きで、それができているうちは生きていけるかなと感じています。

壇蜜 いいですね、スキューバダイビングですか?

小林 シュノーケリングです。多少寒くても海に行っちゃって、妻から「馬鹿じゃないの?」とか言われるほどです。ずっと泳いでいたいのではなく、ざぶんと海に飛び込んだときの爽快感がいい。「とりあえずビール」と同じですね。

壇蜜 のどごしが最高、というような感じでしょうか。

小林 すべてのストレスが海に溶けだす感じですね。ああ、ここ(海)は違う世界。仕事も追ってこない。誰に邪魔されることもなく、自由に泳ぐ魚だけ見ていればいい。

壇蜜　そうやって自分だけの趣味や楽しみを見つけ、自分が喜ぶ方法を把握しながら、うまく時間を使える人は、自分の命をガードできる人だと思うんです。でも、それができない人も多い。趣味が見つからない、みたいな人も意欲的にガッツをもって生きていける薬みたいなのってあるんですかね。

小林　んー。もちろん抗鬱薬みたいなものはあって、心が弱くなったときには心療内科で処方してくれるかもしれません。飲めば、うまく効けばちょっとは気分が楽になる。でも、それは常用するようなものではありません。

やはり薬ではなく、これもコミュニティとか他人が重要だと私は思っているんです。たとえば誰かと一緒に海へいく。海が合わなければ、山登りが好きな人のグループに入ってもいい。壇蜜さんは、一瞬でストレスから解放されるような趣味みたいなものって何かもっていますか？

壇蜜　私も水泳が好き、プールで泳ぎます。水のなかって、やることが少ないのもいいですよね。あとは、何だろう？　ちょっと説明が難しいんですけど、お得に感じることがあって、それを感じるのが好きなんです。

小林　どういうことでしょうか？

壇蜜　たとえば、ちょっと前に街で撮ってブログにあげた写真は、工事現場などで見かける

「頭上注意」のサインです。上のほうに赤いぎざぎざのものが描かれていて、それは落ちてくる危険な何かにも見えるし、季節柄注意すべき太陽にも見えました。

小林 ああ、なるほど。自分だけは、わかっちゃったみたいな感じかなあ。

壇蜜 そういうダブルミーニングとか、小さな意外性やズレみたいなもの。それを発見することで、すっきりするというか、喜びを感じるんです。この私の「嬉しさ」を見つけるのが難しすぎて、今までの歴代彼氏とは、よく喧嘩してきました。

小林 そうか、壇蜜さんは「発見する人」なんですね。もしかしたら、すごく研究者に向いていたかもしれません。

壇蜜 本当ですか！ 嬉しいなあ。

小林 研究者は、発見のためだけに仕事しているようなものですからね。「ああ、こうだったんだ！」という一瞬のために、何年も努力しています。それで、「少なくとも明日誰かに話すまでは、自分しかこのことを知らないぞ」などと思ってほくそ笑んだりしてね。

壇蜜 そこが嬉しいのは、すごく同じです。ただ質が違いすぎるというか……。何語か知らないけどオペラを聴いていて、外国語なのに「ポンタカードない」と聴こえるフレーズが何度も聞こえてすごい嬉しかったりするんですよ。

小林 そうか、「空耳アワー」[*1]の世界ですね。

ヒトの老いは社会が決める

小林　どんな人が老けやすいかという話でしたが、寿命を決める要素は75％が環境、25％が遺伝です。すごく単純にいえば、双子を何十組か調べたとき、両方とも長寿な場合が25％くらいということになります。これはある意味で「よい知らせ」であって、誰もが生活習慣を改めれば、長寿になる可能性があるということですね。

壇蜜　長生きするには、環境が大切なのですね。

小林　たとえば、芸術的才能はもっと遺伝的要因が高い。足の速さや運動神経といったものにくらべても、寿命という性質に関しては遺伝的要因が少ないと言われています。

壇蜜　そうか、あくまでも寿命に関してだけなんだ。性格とかもそうですか？

小林　性格のどこを見るかにもよりますが、精神的なものは、わりと遺伝的要因が高めでしょうね。

壇蜜　前に聞いた噂では、霊感は母方の遺伝なんですって。霊感が強い人は、お母さんを辿るとみんな強いらしいですって、すみません。脱線しました。

老いや死に対する感じ方やとらえ方も、女のほうがざっくばらんというか、たくましい感じはします。旦那に先立たれても、結構長生きしたり。「男やもめに蛆がわき、女やもめに花が咲く」というパターンです。

小林　肉体的にも精神的にも安定しているのは、女性だと思いますよ。それは、やっぱり子どもを産んだりするということで男性よりもタフかなというのはあるでしょう。

壇蜜　そこは多様化とか男女平等とか言っても、オスとメスで決まっているところかな、とちょっと思いますね。

小林　男女の肉体的な違いは生物学的には明らかです。染色体も女性のほうが安定ですよね。Xがふたつあって、男性はXがひとつ。このXは、生きる力にも直結する重要な染色体です。だから、たとえば男性だけがかかるような遺伝病というのが、結構あります。色覚異常（生物学者は色覚多様性と言っています。昔は色盲という言葉も使われました）なんかも、そうでしょう。

壇蜜　なるほど、それで色覚にトラブルのある人って男性に多いのですか。

小林　男子はクラスに数人はいるけど、女子は学年でも学校でも珍しいくらいですよね。以前は「劣性遺伝」という言葉を使いましたが、優劣というのは正しくないので、今は「潜性遺伝」と言います。女子の場合は潜性の遺伝子がふたつ揃う可能性は低いですが、男子の場合は一個もっているだけでなっちゃうので、症状が出やすい。色覚多様性以外にも、同じような例がいくつかあります。

壇蜜　なるほど、危ういですね。

小林　遺伝とは関係ないですが、交通事故とかで死ぬ確率も男性のほうが高いので、危ういです。

壇蜜　そうか、男の人も大変ですね。

小林　生物学的には、体の大きな生き物が長生きします。ネズミよりもゾウのほうがずっと長生きでしょう。同じネズミの仲間でも、ハツカネズミよりテグー、テグーよりビーバーみたいな感じで、体がでかくなると徐々に寿命がのびていく。

でもヒトの寿命は何で決まっているかというと、それはもう明らかに社会が決めているんですね。今この地球上を見渡しても、国によって寿命が大きく違います。日本は最長寿国で80歳を超えますが、短いところは50歳代とか。社会によって平均寿命が大きく違うということは、ヒトは社会のなかでしか生きられないという事実と直接つながっていますね。日本に生まれたというだけで、30年くらい得しちゃっているわけですから。

壇蜜　それが得と感じられるように、生きないと損ですよね。「生きなきゃいけない」なんて思わず。

「老いる」は公共的になっていくこと

小林　そもそも明確な形で「老い」をもっている野生の生き物は、ヒトのほかに哺乳類ではゴンドウクジラとシャチくらいなんです。

壇蜜　そうなんですか？

小林　たとえば、ハダカデバネズミには年をとって元気のない、「老いた個体」がいません。死ぬ直前までピンピンしています。

壇蜜　そうそう。デバは、ピンピンコロリなんですよね。

小林　チンパンジーも基本的に同じです。もし、ヒトみたいに「老眼になってきた」とか自己申告してくれたら、「老いたチンパンジー」と呼べるのかもしれませんが、それはわからない。だから私たちは、生理があって子どもが産めるあいだは「老いてない」という生物学的な基準をつくっています。それによると、ヒトは50歳くらいで閉経した後も30年以上、子どもを産まない状態で生き続けるという珍しい動物です。この定義によれば、ヒトとゴンドウクジラ、シャチだけが老いの期間、つまり老後をもっている。これらの種では、老いが必要だったから、老いるように進化したのだと思います。その辺のところは近著『なぜヒトだけが老いるのか』でも書いています。

壇蜜　人間には、そしてゴンドウクジラやシャチには、なぜ「老い」があるのでしょうか？

小林　本当のところはわからないのですが、シニアのクジラやシャチにも何か役割があるのだと考えられます。たとえば有名なところでは「おばあさん仮説」と呼ばれる説があります。人間をはじめとした特定の種は、繁殖能力を失うかわりに孫や若い世代の面倒を見ることで、家族やコミュニティ全体を守る方向へと進化してきたと言われています。

壇蜜　老人の役割というと、村の知恵袋的なおばあちゃんとか、古い出来事も知っている長老とか、そんなイメージでしょうか。

小林　そうですね。技術や文明が発展してくると、それを継承しなければならない。そのために必要なのが、知識や経験をもった学校の先生のようなリーダーたちです。それが大抵、シニアの役割なんです。教育すれば、ますます分業も進むし、仕事も楽になる。シニアの存在が人類の長寿という進化の歯車をまわしてきたのだと思います。

ところで、『生物はなぜ死ぬのか』という本を書いたとき私が考えていたのは、生き物が死ぬということは公共的なものなんだということでした。

壇蜜　死は個人的なものと感じられるけれど、死ぬ人は自分のために死んでいくわけではないということでしたね。

小林　そうです。死の意味を理解するには、たとえば地球上では生物が38億年前から、生まれては死にながら、ずっとつながってきたことを考えればいい。無数の死の上に、私たちの生命もある。そのことに関しては、過去の生物に対してリスペクトが必要です。

そして「みんながいつかは死ぬ」ということは、生き物が最後に100％公共的なものになるということです。つまり、だんだん公共的なものになっていく過程が「老い」です。

壇蜜　なるほど、そのイメージはよくわかる気がします。

小林　若いときは、自分のやりたいことをやり、自分の好きな異性を追いかけ、食べたいものを食べ、権力、金、出世を追い求めて突き進めばいい。でも、やがて老いていくと公共的な存在になる。

壇蜜　なるほど。でも、いまだに権力や金を追い続けるシニアたちが、永田町あたりにたくさん思い浮かびますけど……。

小林　それが、ひじょうにマズいのです。すごくマズいと思います。

壇蜜　人間の社会には、いつも公共性のある老人がいたし、今もそれが必要だということですよね。

小林　はい。若い人たちは、私利私欲でがんがん生きる。それが人間の発展につながる。ただ、それを調節するような、公共的にものを考えられる人がいて、社会はバランスをとってきたと思うのです。そうやって集団やグループは、まとまることができたのかもしれません。

壇蜜　今、まとまらないですよね。

小林　そうなんです。若者は「老害」といって高齢者を批判することもあるでしょう？　たしかにそう見える側面もあると思います。今はたとえば定年退職があって、ある程度の年齢になると会社から、そして結局社会からも距離を置かれ、仕方なくぶらぶらせざるをえない人もいるかもしれません。コロナの時も、なんで高齢者の感染を防ぐために我慢しないといけないの？　と思った若者ももしかしたらいるかもしれません。

社会がシニアを頼らなくなっている。シニアが不要になってきている。それはすごく危険な状態だと思うんです。みんながみんな若者的な発想になっていったら、社会はまとまらないだろうなと思います。

シニアと子どもに優しい寛容な社会

壇蜜　大学で教えてらっしゃる若い学生たちは、いかがですか？

小林　高校までは、みんな本当によく勉強するんですけど、困ったことに大学に入った瞬間から少しやる気が減り気味です。たぶん、どこの大学もそうだと思います。私が教えている東京大学なんか、もう地頭は天才かというような優秀な学生がいっぱいいくるのだけど……。

壇蜜　ああ、大変だった受験の後はもう勉強したくないんですね。

小林　我慢しながら中学、高校までやってきたから、その反動がくるのでしょうね。

壇蜜　もう6年も我慢してきたから、さらに4年も我慢できない。私個人の考えですが、それを食い止められるかもしれない方法があって、それは制服だと思います。ノースリーブ着たいとか、オフショルダー着たいとか、もうちょっと我慢させる。

小林　なるほど、それも一理あるのかもしれないなあ。大学にくると急に自由になっちゃって、その後大学院までだと合計9年間は自由なままなんです。でも一度社会人をやった経験のある人は、わりとしゃきっとしているんですよ。だから、まずは給料のために働いて、それから大学院に戻ってきたほうがいいと思うことがあるんです。
壇蜜　なんか、今は若々しさばかりがもてはやされ、求められるじゃないですか。そういう環境もよくないですよね。
小林　よくないですね。
壇蜜　「これで70歳なんて、信じられない！」みたいな話も、あまりやりすぎちゃダメなんだと思いました。
小林　日本は世界最長寿国で、シニアは日本のもっている貴重な人材の「資源」でもあるんです。他の国にはない資源なのだから、それをいかに生かすか、日本の未来をよくするためには重要なキーポイントだと思います。とにかく、シニアに活躍してもらうしかないですね。
壇蜜　シニア優先とか、シニアが生きやすい社会をつくることは、あながち間違いじゃないと私も思っています。ただ、シニアに対して文句を言ったりするのも、シニアの手前の人たちなんだろうなと思うと、ちょっとモヤモヤしますね。
小林　シニアというのは結局、自分がこれから行く道であり、将来の自分たちそのものです。自分の親であったり、お祖父さんお祖母さんであったりするわけでしょ。同じように子どもは、自分がきた道であり、やはり自分たちそのものです。子どもやシニアに対しては、寛容であれというより、そういう自分を映した存在なのだということを理解すべきだと思いますね。

壇蜜　かつてそうだった自分と、未来にそうなる自分ですね。

小林　たとえば買い物で急いでいるとき、お年寄りがレジで財布の１００円玉や10円玉をゆっくり数えはじめる。そんなときイライラするかもしれないけれど、そこは理解しないといけないと思います。急いでいるのは、あなたの都合なんですよって。

　赤ちゃんも同じです。私は新幹線で通勤していて、混んでる車内で赤ちゃんが元気よく泣いていることがあるのですが、近くの席の場合には変顔してあやしたりしますよ。まさに怪しいおじさんですけどね。

壇蜜　余裕というか、優しさが必要ですよね。お互いの都合があることを認め、お互い違うねと認め合い許し合えれば、それが寛容な社会といえますよね。

小林　そうです。社会の寛容さが減ってきてしまうと、少子化も進むし、お年寄りに対しても冷たくなるし、よいことはひとつもありません。

おせっかいと「シニアの底力」

小林　冒頭でお話しした、哺乳類は群れて暮らす生き物であるという話に戻ると、人間の社会には「おせっかいな人たち」が減っていると感じるんです。今は、それよりもプライバシーや個人が大切にされます。でも本当のところ、プライバシーというのは哺乳類にはない概念でしょう。関わり合わなければ、コミュニティをつくらなければ生きていけないのだから。だからプライバシーというのは、相当に難しい概念なんです。

壇蜜　おせっかいな人が、もっと増えるべきなのでしょうか？

小林　たとえば今は結婚相談業やマッチングアプリがあるのかもしれませんが、昔は結婚といえば圧倒的に親戚のおじさん、おばさんとか会社の上司がおせっかいで相手を紹介していたんです。これはと思う人を紹介するためには、どうしてもプライバシーに踏み込んでいく必要があるでしょう。「彼氏いるの？」とか「収入は？」とか。今でいうところの「個人情報」をたくさん聞いておかないと、紹介できませんから。

壇蜜　今は「これ以上はあなたのことを聞いちゃいけないよね」とか「知ろうとしちゃいけないよね」と、遠慮してしまう感じです。そういう「個人情報」が少なければ、もっと親切にしようとか、もっと関わろうとか思っても、できないのに。むしろ、「よく知らない人が急に怒ったり、襲いかかってきたらどうしよう？」みたいな感じすらあって、「やっぱり、やめておこう」となりがちです。これって、スパイラルですね。

小林　そうですね。人間は社会性の生き物です。「社会性」というとちょっと大袈裟ですが、要するに人との関わりに依存して生きる動物ということです。私は都会で育ちましたが、妻は熊本県で生まれ、その集落では同じ名字が多いんです。何代か遡ったら、同じご先祖様ということもある。お互い親の代からよく知っていてプライバシーもへったくれもない。そういうところは、若者だと居づらさを感じたりすることもあるのかもしれません。少なくとも、妻は少し居づらいと言っていましたね。子どものころから、お互いを知りすぎていて。でも今は、むしろお盆やお正月に帰省するとほっとするとも言っています。結局、長い目で見ると、そういう関係に助けられることのほうが多いのかなと思います。

壇蜜　よくわかります。すべて知られていることに対し、リラックスしている人がいるのかはわかりませんが、結果としてそれが安心につながるというのは、すごく感じます。私はやっぱり、日本の社会とデバの共通点が多いから、デバに見習うものは多いと思っちゃいます。

小林　デバ式の子育てなんかも、見習うべきところがあるかもしれませんね。人間の世界で言うと、子どもを産むという選択に関して社会のサポートを最大限に与える。先進国の少子化対策は基本的に、どこもそれです。３人目を産んだら、最初に遡って全部の費用を無料にするみたいな。

壇蜜　なんだか、デリバリーのピザみたいですけど。

小林　ははは。２枚買うと、３枚目はただみたいな。子どもを持つか持たないかは、そんな損得勘定だけで決めたりはしないと思います。それよりも産む選択をした女性が世の中でちゃんと認知され、子どもも含めて不都合なく暮らせる環境を整えることが大切です。

壇蜜　子育てのストレスを発散するのに、「発言小町[*2]」で悪口だけを言っているようじゃダメですよね。参考になるコメントももちろんありますが。結婚や子育てを忌避する人が増えたのは、ああいうサイトの影響もあると思っているんです。結婚や子育ては地獄だみたいなイメージになってしまって……。

小林 そんなときだからこそ、シニアが活躍しないといけないんですよ。子どもを育てること、働くこと、パートナーをもつことの大変さも、楽しさも、さまざまな経験や知恵として知っていて、伝えることができる。もちろん、力を貸すこともできるでしょう。

壇蜜 そうですね。少子化を食い止めるのは、シニアの底力しかない気がしてきました。私みたいに、産まない選択をした女にとっても、それは利点ですよね。「産んでくれて、ありがとう」「いえいえ、どういたしまして」という、寛容な社会になればいいなあ。

なんか、これまで老いとか死のむずかしい話を考えていたんですけど、先生のお話をうかがっていると老いも死も説明が可能なものであって、すごくシンプルな側面もあるんだなと感じました。ありがとうございました。

［注］

＊1 空耳アワー：テレビ番組「タモリ倶楽部」（テレビ朝日）で放送されていた名物コーナー。歌詞が日本語のように聞こえる海外の曲を、視聴者から募る企画。

＊2 発言小町：読売新聞社が運営する主に女性向けのインターネット掲示板。恋愛・結婚・仕事の悩みなどが投稿される。

対談を終えて

「老い」と「死」の中間地点を「楽しむ」

テレビで「老いには逆らえない時もあると知ることです。たるみや冷えを感じたらガードルをはけ！　インナーを着ろ！　ためらうな！」と力強く言っていたのは某有名モデルだった。「美容で気をつけていることは？」と聞かれた時に彼女が発したこの言葉は、当時30歳になったばかりだった私にグッと刺さった。そのころ彼女は40に手が届く位の歳だった。他の女優やモデルの「特に何もしていません」「食事に気をつけています」といった疑わしくかつ抽象的な回答が目立つ中、具体的すぎて私は画面の彼女に釘付けになった。そして自分が当時の彼女位の歳になってからは、オシャレより自衛だな、とガードルをはいてインナーを着て、何なら着圧ストッキングまではき、ホッカイロも貼りつけて今に至る。あの言葉が、今の私を、老いるのは仕方ない……みだりに恐れたり絶望したりせず、問題はどう対応するかだ、という考え方に寄せてくれたと言っても過言ではない。ちなみに老いに寄り添うように生きろと教えてくれた某有名モデルは、今も年相応だが時折見せるキュートさが魅力的と言われている。無理をしていないように感じさせるのだろう。治りにくい傷や消えにくい下着のライン、細くなる毛髪を自分で確認すると、身体的に老いを実感する。そして、忘れ物が増えたり興味を持てることが少なくなってくると、精神的な老いが来ていると考えてしまう。老いは日常の中にジワジワしみてきている。老いが日常を侵食すると、今度は死ぬことが身近に思えるようになる。小林先生は生きている実感を味わいたい、楽しいと感じられることがしたいと「エンジョイできることを探す」行動に移せたらまだいい……と言う。生きるモチベーションを保てなくなり心身共に迷子のようになったらマズイ。特に中年以降「エンジョイ探し」ができなくなると非常にマズイ、と伝えてくれた。小林先生はシュノーケリングをしたり「シュノーケリングの魅力がイマイチわからない奥方」と山に行ったりしながら生きることを実感&エンジョイしているという。やはり生まれたからには無数の死の上に己がいることを自覚し、死ぬまでちゃんと楽しむ責任があるのだ。

この国に生まれたからには、更に老いや死に前向きな姿勢でいる責任もあると先生は続けた。互助会や集落、寄り合いのような、助け合う、足並みをそろえ規律を守るシステムが当たり前のように存在する我が国は、シニアになっても本来はやるべきこと、頼られる事案が多かった。長老は集団をまとめて、おせっかいな中年が若人の縁談やコミュニティを仕切り、子育てを応援していた。しかし国際化、感染症蔓延、多様性を認めさせようとする現代ではリーダーシップやおせっかい行為が封じられてしまった。代わりに見た目の若さを保ちギラギラした欲望を持つ老い方が評価され、みんなそうしようよ！　的な同調圧力まで感じる。シニアになっても私利私欲だらけの国になりつつあると、先生は真逆に働いてしまった同調圧力を案じていた。「彼氏いるの？　結婚したい？」と聞くだけで社会からはじき出されるような今の風潮で、果たして老いや死を受け入れエンジョイ探しができるのかと私も思う。

未来が見えない、ひとりで感じたり、だれかと分かち合える喜びが少ない、趣味ができない……この三大要素がヒトを死にやすくさせるという。社会性に長けた長寿国家に生まれながらこの3つに足もとを掬われるのはやはり納得がいかない。世界には平均寿命が50歳強という国もあるのに、分業された社会を生きていれば生活できるこんな恵まれた国に生まれたのに、感染症拡大がトドメになって老若男女の直接繋がりたい気持ちが削がれていくなんて。感染症拡大によるあれこれ制限された社会が始まり3年あまり、そろそろ社会を、自分の生きる環境を見つめ直す時期がきている。子ども、シニアに優しき社会であれと先生は唱えた。かつては子どもだったし、いつかはシニアになるのだから、中間地点の者たちが一番謙虚で寛容でなくてはいけない。自分の老いや死の後にも未来はある。だからこそ、優しい気持ちで待ち、譲り、受け継ぎたいものだ。いずれは私もシニアになる。そう遠くない未来だ。頼られる環境にいたい。だからこそ、今シニアに助けを求める社会を作る一員になろうと強く思った。ガードルはいて、気合い入れていこう。

壇蜜

「アート」は難しい!?

南條史生

なんじょう ふみお

キュレーター、美術評論家。1949年東京生まれ。慶應義塾大学経済学部、同大学文学部哲学科美学美術史学専攻卒業。1990年ナンジョウアンドアソシエイツ株式会社（現エヌ・アンド・エー株式会社）設立。森美術館特別顧問。十和田市現代美術館総合アドバイザー、弘前れんが倉庫美術館特別館長補佐、アーツ前橋特別館長も務める。主な著書に『アートを生きる』（角川書店）。

動物の剥製が最初に触れたアート

壇蜜　今日はアートって一体何だろう、どうやって楽しんだらいいんだろう、といったお話をしたくて参りました。ところが南條さんの『アートを生きる』を読ませていただき、これはちょっと私にはキャパシティ・オーバーかもしれないと焦りました。知らない知識や固有名詞が多すぎて……。ちゃんとお話を理解できるかどうか、かなり心配です。

南條史生（以下、南條）　アートの仕事をしていると言っても、私のようなキュレーターはたくさんしゃべるのが仕事です。だから、「アートって何だろう？」みたいな議論は大歓迎ですよ。

壇蜜さん個人にとって、アートというのはどんなものですか？

壇蜜　かなり幼いときから剥製に興味がありました。というのも秋田にある祖母の実家とか本家には、クマとか、鳥や獣の剥製が結構飾ってありました。たぶん古い狩猟文化の「残り香」みたいなものが、あったのだと思います。幼いながらにそうした剥製を見て美しいな、作ってみたいなと感じていましたが、さすがに剥製づくりを職業にするのはむずかしそうだなと次第に気づきました。

南條　お祖母ちゃんの家にあった動物の剥製が、壇蜜さんにとって、最初に触れたアート作品だったわけですね。

壇蜜　それから、動物や人間の体に関係するような仕事に興味がありました。遺体衛生保全士（エンバーマー）を目指して勉強したこともあります。ご存知のようにエンバーミングというのは、遺体を消毒したりホルマリンで保存処理したり、あるいは死化粧や必要に応じて修復も施して、ご遺族のために保存する技術です。こういう技術って実は、古代エジプトでミイラをつくっていたときのものと基本的に同じですよね。すごく古い時代から人間が行っていたことです。「美しいものをつくる」行為としてのアートについて私がまず思い浮かべるのは、ミイラとか剝製なんです。

南條　へえ、すごく変わっていて、でも面白いですね。そういうことなら、まず２００９年に企画した森美術館の『医学と芸術展』にいらしてほしかったなあ。もちろんエジプトのミイラも展示しましたよ。

壇蜜　これは、ぜひ行きたかったです。学生のころ「人体の不思議展[*1]」には、行ったことがありますが。

南條　当初は医学をテーマにしたアートをやろうと思ったんだけど、アートの枠におさまらない医学的な資料なども広く含めたほうが、さらに面白いだろうと考えたんです。

壇蜜　こうして『医学と芸術展』の図録を見せていただくと、かなり広く詳しくやっていますね。レオナルド・ダ・ヴィンチが描いた解剖図もあります。これを生で見られるというのは、すごいことです。

南條　現代美術でも、たとえばダミアン・ハーストが外科手術を描いた絵画作品がありま す。それからアルヴィン・ザフラというフィリピンのアーティストがつくった『どこからでもない議論』(2000年)という長大な白い平面作品は、人間の頭蓋骨をサンドペーパーでひたすら研磨して、その粉を絵の具がわりにして仕上げた白い絵画なんです。「ミニマル」というカテゴリーに入る作品ですけれど、ふつう誰もそれが人骨でできていると思わないでしょう?

壇蜜　頭蓋骨を削った粉を、なんと画材にしてしまったのですか。すごく時間もかかるし、大変な作業だったと思います。いやあ、その発想はすごいですね。

南條　この展覧会を開いたころ、ある別の仕事でエジプトへ行ったんですよ。そこで階段から落下して入院しました。

壇蜜　え、大丈夫だったんですか?

南條　目が覚めたら脳をCTスキャンで調べているところでした。眼底骨折を含め、四ヵ所骨折していましたが……。

壇蜜　ああ、すごく痛そうですね。考えたくありませんが何かの呪いだったのでしょうか?

南條　スタッフにはそう言われましたね。エジプトのミイラも展示していましたしね。地底から招(よ)ばれたのですよと言われました。

人間の欲求は止められない

壇蜜　私たちの体はつねに変化し、最終的には骨になるし、その骨も放っておけば水になってなくなってしまいます。だから、こういう形のあるモノとして残すこと、いわば「時を止める」ことが、すごく魅力的に感じるんです。皮をはがし、骨を外して剝製やミイラをつくったりする理由は、それだと思います。もしかしたら人間の体をスケッチすることも、すべてこの「時間を止める」という作業なのかなと思います。

南條　「時よ止まれ、お前は美しい」という、有名なゲーテの言葉がありますよね。「お前」というのは、人生でもっとも素晴らしいと思えるような一瞬なんです。『ファウスト』を読んでみると、それは思い違いというか、いわば錯覚にすぎないのですけれども。

壇蜜　時は止まらないけど、みんな止めようとする。止まった時はきっとすごく美しいから。

南條　ひょっとするとアートという営みは、それと関係があるのかもしれない。この今の一瞬をとどめたいという思いですよね。

壇蜜　このあいだ読んだマンガが、すごく面白かったんです。「オレはこの日のために頑張って、サーフィンを習得した」とサーフボードをもって出ていく男の人が描かれているんです。すると大きな波がざあっときて、彼はそれに乗って叫びます。「北斎、今だ！　描け！」

って。時代感がめちゃくちゃですが。でも、葛飾北斎の浮世絵とかを見ると、逆に想像しちゃいますよね。これを描くために、彼はどんな風景を見たんだろう？

南條 風景を描いていても、ヨーロッパの画家とは少しアプローチの仕方が違う気はしますよね。ときどき、歌川国芳の『東都三ツ股の図』に東京スカイツリーのようなものが描かれている、などということがネットでも話題になったりするけれど、あれもすごく不思議ですよね。

壇蜜 江戸時代にはないはずの高い塔が、浮世絵に描かれている。

南條 過去や現在を記録するということと同時に、未来を見るということがアートのなかにはあるのかもしれない。２０１９年に『未来と芸術展』（森美術館）という企画展をやったとき、そんなことを考えました。未来を問うことが、過去や現在のアートの役割でもあるのではないかと。

壇蜜 こちらの展覧会はかなりＳＦっぽいテーマもあるし、ドバイ感のある未来都市のイメージなんかもありますね。

南條 中国の山水画にインスパイアされたという最新の建築デザインもあれば、ＮＡＳＡの「火星建築コンペ」の応募作品もありました。

壇蜜 未来のことを考えるときには、やはり技術の進歩というのが大きいですよね。

南條 そうです。技術はどんどん進んでいるから、技術が人間よりも先に行ってしまう。技術をちゃんと理解する前に技術が実現してしまい、人間は追いつけない。たとえば、この赤ちゃんたちはよく見ると、さまざまな身体改変を施された「デザインドベイビー」です。

壇蜜 すごくリアルにできていますが、これは人形なんですね。頭に鰓(えら)のような皺(しわ)のある赤ちゃんもいますね。

南條 この作品でも強調されていることですが、人間には「もっと生きたい」という欲求があるわけです。だから、モラル(倫理)がノーと言っていても、やっぱりやってしまう。それってよくないですよね、という人間社会の規範や個人の嫌悪感は、その進歩に追いつかない。

壇蜜 昔は、宗教や哲学が技術の暴走の歯止めになっているようなイメージがありました。でも、ヒツジのドリーちゃんのときにも思いましたが、やっぱり興味のほうが勝ってしまいがち。研究している人たちは、やってみたい。それを倫理観だけでくい止めるのってすごく難しいです。

南條 『医学と芸術展』にも、すごく大きな論争を巻き起こした作品がありました。遺伝子組み換え技術を使った蛍光ウサギ、「アルバ」です。ブラジルの現代美術家エドワルド・カッツがフランスの遺伝学者ルイ=マリー・フーデバインと共同でつくった「作品」ですが、蛍光クラゲの遺伝子を組み込んだ、生きたアルビノのウサギです。アーティストは、このウサギが死んだとき大きな非難を浴びた。でも彼は「アートだと皆さんが責めるがそれでいいのだろうか。医者は医学の進歩のためということでもっとひどいことをやっているのですよ」と主張しています。

壇蜜　「耳ネズミ」という、背中にヒトの耳が生えているかのように見える実験用マウスのことは聞いたことがあります。耳は人のために使われるんですよね。たしかに、いろいろと考えさせられます。

人間の本体といえるのは記憶だけ?

南條　最近ちょっと膝の調子が悪くて、どんな治療法があるのか、いろんな人に聞いてみたことがあるんです。そうしたら、自分の臍(へそ)のあたりから細胞を採取し、そこから幹細胞を抽出・培養して膝の軟骨のある部分に注入するという方法があるらしい。それが膝の大切なクッション部分の軟骨を再生する技術になるようです。

壇蜜　お腹の細胞をとって膝へ、まるで自給自足ですね。それはすごい。

南條　いくらくらいかかるのですか?　と聞いたら、片足100万円以上はかかると言われて……。

壇蜜　お値段もなかなかですね。

南條　『未来と芸術展』にも、最新のバイオ技術を活用した作品がならぶ「バイオ・アトリエ」というコーナーをつくりました。そのなかには、画家フィンセント・ファン・ゴッホの左耳を再現した作品もあります。弟テオの末裔からは男性のみに伝わる染色体をもらい、母方の末裔からはミトコンドリアをもらうなど、ゴッホの親族がもつDNAをもとにつくった、かぎりなく本人のものに近い生きた耳です。

こういう技術も先へ進めていくと、人間は体の一部や臓器を置き換えながら生き延びることができるようになるでしょう。再生医療が、ある種のアンチエイジング技術として用いられる。でも、そうやってあちこち全部とりかえたとして、その人は昔の自分と同じなのか、違う人になってしまったのかというアイデンティティに関わる疑問も浮かびます。もし同じだとしたら、なぜ同じだと言えるのでしょうか。そのとき思ったのは、結局「記憶」しかないんじゃないかということでした。

壇蜜　自分がもっていた体の「部品」を換えたという記憶も、その人の本体ですよね。

南條　人間のなかにある一番コアな部分というのは、そういう記憶みたいなものでしかなく、物理的なものじゃないのかもしれない。

壇蜜　目に見えないし、自分にしかわかりえない。そうやって「部品」を交換しながら、人間が二百何歳とかまで生きられる世界って昔から映画などでは表現されていると思うんですけど、かなり近くまで来ているのですね。

南條　そういうことだと思います。『未来と芸術展』には、ａｉｂｏをはじめロボットもたくさん出てきますよ。ＬＯＶＯＴ（らぼっと）という家族というかペットのようなロボットも、このとき展示しました。

壇蜜　あ、らぼっとちゃんですね。最近すごい人気ですよね。

南條　あとはクモの糸と同じ強さをもつといわれる人工タンパク質繊維でつくった服とか、データの転送でつくった鮨とか、衣食住の未来像はほぼ全部カバーしています。

壇蜜　あ、この遠隔制作のお鮨は食べたことあります。『池上彰が選ぶ 今知っておきたい小さなニュース』という番組のなかで「特別にどうぞ」と言われたんですけど……。

南條　これは大手広告代理店を中心としたＯＰＥＮ ＭＥＡＬＳというプロジェクトがつくった、「ＳＵＳＨＩ ＳＩＮＧＵＬＡＲＩＴＹ」という作品ですね。それでお味のほうは、いかがでしたか？

壇蜜　うーん、申し訳ない。美味しい！　とはならず……。見た目も……、こんな写真みたいにきれいじゃなかったし。もっとなんか、ラフに握ってぽろっと出したような感じでした。

南條　まあ、これは展覧会で展示するためにつくったものですからね。こんなふうに食べものも情報転送すれば、宇宙でも鮨が食えるようになるだろう、という発想です。

壇蜜　そうでした。３Ｄプリンタみたいなのが未来の家にあって、イクラとかイカとかのデータが送られてくるんですよね。技術が発展してもう少し美味しくなったら、便利そうとか思うのかもしれませんが。

デュシャンの便器と外れたドアノブ

壇蜜　こうやって南條さんが企画された展覧会のお話をうかがっていると、あらゆるものがアートと結びついていくことに改めて驚きます。過去と未来、そして今。すごく巨大なものから、目に見えないいくらい小さなものまで。衣食住といった私たちの生活もすべて関わっているし、もちろん心のなかにあるだけのものを描くこともできる。

南條　本当にそうですね。アートはそれくらい広い視野と射程をもっています。それだけ「大きな容器である」という言い方もできると思います。アート以外のものに、そんなことができるとは思えません。

壇蜜　だからこそ南條さんはキュレーターとして、いわゆるアート作品以外のものも、こうやって展覧会のなかに入れようと思われたのでしょうか。

南條　そうです。アート業界というのは、すごく閉じた世界でもあります。しかし本当は多様なジャンルを繋ぐハブとしての可能性があるのだから、他のさまざまな世界とつながることで、もっと面白くなると思ったのです。

壇蜜　アートは何でも受け入れてくれる。そんな感じですね。

南條　アートというのは、もっともフレキシブルな思考のプラットフォームだと思っています。だから、何でも入れることができるのでしょうね。

壇蜜 少し話がずれてしまうのかもしれませんが、私が家で飼っている動物たちの「予測できない悪戯」にも、ちょっとアートっぽい何かを感じているんです。ソファがぼろぼろにされて、なかから綿が出てきている。あるいはカーテンが破られてできた亀裂とか毛玉とか……。でも、それを新品にかえてしまうのではなく、日々その変化を見ているほうが少し豊かな気持ちになれるということに最近、気づいたのです。

南條 たしかに作ることは壊すことでもあるのですが。それが争いや崩壊につながらないことを祈っています。最近のウクライナ危機とか新型コロナ感染症の流行とか、生き方や世界観も変わってしまうような出来事が増えていますね?

壇蜜 すごい変化だと思います。内からも外からも、まるで三角波みたいなものが日本に来ているというのを、最近ひしひしと感じます。でも、こんなときに頼れるものって結構かぎられている。人がアートに求めているものって、そこが大きいかもしれないって思うんですよ。

南條 さっきも言ったように、アートは思考のプラットフォームです。言い換えると、ものの見方です。だから新しいアートが出てくることによって物事の価値や基準が変わることがある。たとえば仮に社会で何かネガティブなことがあったとしても、見方を変えることで、それは「美しいもの」にもなりえる。ちょっと、うまく説明できていないかもしれませんが……。

壇蜜　私にとっては、家の破れたカーテンも同じだと感じます。

南條　そうそう。それはそれでいいという、違う見方。「ものの見方の転換」こそがアートだということに、なるんです。そういうアートのあり方は、マルセル・デュシャンという人が便器をアート作品だと言ったのが最初である、と言われています。

壇蜜　え、便器がアートですか？

南條　１９１７年の展覧会でデュシャンは審査員を務めていたんですが、「Ｒ・Ｍｕｔｔ」という他人の署名をつけて「泉」というタイトルの作品を出品しました。他の審査員は、「こんなのアートなわけがないだろう」と怒る。でも、そのときデュシャンはこれが美しいと感じたアーティストの視点のなかにアートがあると言った。つまり「ものの見方」こそが、アートを成立させている。たしかに、トイレからはずした便器を横にして台座に置くと、何か異様な形をした物体に見えます。アヴァンギャルドな彫刻と言ってもいいのかもしれません。

壇蜜　そうか、トイレにあるから便座なんですね。そういえば私も、ドアノブが外れたときに感じたことを思い出しました。学校でたてつけの悪いドアがあって、私が最後にとどめでノブを外しちゃったんです。みんなに怒られたんですけど、手にあるものを見て、私はそれがドアノブとは思えないという瞬間がありました。ドアノブを超えた何かに見えて。でも、元通りにくっつけたら、「あ、やっぱりドアノブだったんだ」って思いましたけれど。

南條　そんなことがあったんですか。うん、なんかそういうことですよね。

壇蜜　そのとき、なんかドアノブが外れてよかったんじゃないかと思いました。

時間をかけると、情報として馴染んでくる

南條　２００１年に横浜トリエンナーレという大きな展覧会を開いたのですが、そのときはアートに馴染みのないごく普通のお客さんがいっぱい見にきてくれました。会場を出ていくとき、あるお爺さんとお婆さんが、こう言ったんです。「この展覧会を見た後だと、道ばたに落っこちている紙屑でもアートに見える」。つまり、彼らは物事を新鮮に見直している。それが現代美術のエッセンスじゃないかと思いました。

壇蜜　それは、やはり現代美術にかぎったことなんでしょうか？

南條　昔の美術はちょっと違っていた気がします。やはりテクニックが大切だったし、「美しいものとは何か？」も大切だった。今は、あまりそれを言わなくなっているでしょう。だから、先ほどのマルセル・デュシャンは「現代美術の父」と呼ばれています。デュシャン以降、アートを定義したり、分類したりする必要がなくなってきていて、境目がなくなってきている。

壇蜜　基準は、その人のなかにあるということでしょうか？

南條　かつてアートといえば絵画や彫刻のようなもの、と誰も疑わなかった。しかし今、いろんなものがみんなアートになっちゃっています。だから「これはアートなのか？」を議論すると、喧嘩になることもあるんです。世界中の人がちがう生き方と経験にもとづき、それぞれに「アートとはこういうものだろう」と思っている。でも体験が違うから常にズレがある。このようなものがアートだと定義した途端、そうじゃないものが出てきて、これもアートだという話になってしまう。

壇蜜　大変ですね。毎日、議論しなきゃ。

南條　正解はどこにもない。まあ、議論が好きな人がしていればいい。楽しく飲みながらってればいいじゃないのという世界です。

壇蜜　大体、すごくもめそうですけどね。

南條　だから「これはアートなのか？」より、「これは面白いのか？」「これは意味があるか？」ということを問えればいい。

壇蜜　どうしてこんなに惹きつけられるんだろうとか、どうしてこんな形になっているんだろうとか話したほうが建設的ですよね。でも言葉で定義できないものごとを扱うからこそアートは面白いのかな、というのは感じます。

南條　言葉って、すごく不完全なものですよね。たとえば、これが紙であるということ。みんなが「これは紙だ」と言うから、それを聞いている赤ちゃんは、それまで知らなかったけれどその意味を理解するようになる。音と意味が結びつくわけです。それがたくさん積み上がり、ひとつの言語体系になります。現代美術も、ひとつの表現言語です。アーティストが新しい作品をつくるとき、最初は誰もが「何だ、これは？」と驚きます。まったく理解できない。でも1年、2年と同じようなことをアーティストが問いかけ続けていると、やがてその作品が体現しようとしているある意味が、おぼろげながら見えてくる。

壇蜜 それが「情報」として、だんだん馴染んでくるわけですね。

南條 そうです。表現と意味の関係です。シニフィアンとシニフィエという哲学用語もありますが。そして現代美術は、いつも新しいものを生み出しているから、最初からみんなに通じる言語ではありません。なかなかポピュラーにならない。それでも30年とかやっていると、なんとなく通じるようになる。そこまで生き残った人が「大物のアーティスト」になるんじゃないでしょうか。

壇蜜 なるほど、そういうことか。結構、時間がかかりますね（笑）。たくさん見て、長い時間を過ごすとわかってくる、ということですよね。私もやっぱり、ネコが破ったカーテンを換えるのはやめることにします。

南條 たとえば印象派なんかも、19世紀の初頭にはじめて出てきたころ、こんなものは絵じゃないとか言われていました。でも今は、美術館に集まる奥さまたちの多くは、印象派を見てきれいで大好きって言うでしょう?

壇蜜　それなら現代美術の作品をぱっと見てわからなくても、すぐに立ち去るのは損した気になりますね。「ん?」と思ったら、ちゃんと立ち止まらないと。

アートと体は近い関係にある?

壇蜜　アートを見るときの基準というのは、それぞれの心のなかにあるもので、たくさん見ながら、自分が好きとか苦手とか決めていい。今日はそんなお話をうかがい、気持ちがすごく軽くなりました。どうしても今まで自分の好みが、ミイラだったり剝製だったり土偶だったり、古くて特殊なものばかりだったもので……。

南條　それは、よかった。壇蜜さんは、エンバーミングの仕事に就こうとされていたんですね。

壇蜜　そうなんです。ただタイミングが悪く就職はできなかったんです。それで法医学の先生にひろってもらい、行政解剖の助手といった仕事をさせていただきました。排水溝につまった人間の体のかけらを網でひろうような仕事もあるんですよ。
　あるとき、お風呂のなかで、死亡してから3日後に発見された死体を見たことがありました。ちょっとグロテスクな表現で恐縮ですが、お料理番組みたい……。とにかく押さえてないと、つるんとしちゃって解剖もできない。もちろん臭いは、筆舌に尽くしがたいものでした。

南條　そういうのが、お好きだったんでしょうか。僕はちょっと嫌だけど……。

壇蜜　普通の方は、これを嬉々として語られないですよね。私は、とにかく興味がありました。ごめんなさい、趣味が変なもので……。

南條　いや、すごく面白いですよ。アートの話とも遠くないし。すごく近いところにいると思います。だいぶ前、たしか青山のスパイラルで宮島達男という現代美術家と、牛の脳みそとLED（発光ダイオード）のデジタル・カウンターを組み合わせた作品を置いたことがあったのを思い出しました。それから、アーティストの松井冬子さんと話してみたらいいかもしれないです。彼女は解剖図のようなものを描いています。

壇蜜　脳のフォルムは、結構みんな好きですよね。なんとなく、刺さるものがある形なんでしょうね。

南條　もしかしたら女性のほうが、存在としても思考としても、肉体に近いところにいるのかもしれません。男はあまり血を見るのにも慣れてないし。

壇蜜　解剖の助手をしていたころ、それは感じました。たとえば肋骨とか、ばりっと開けないと中身が出てこないじゃないですか。でも、そのばりっという大きな音を聞いただけで倒れた男性の警察官がいました。やっぱりダメだったみたいです。

展覧会を支える裏方たち

壇蜜　美術館や展覧会に行くと気に入ったアート作品と向き合うだけではなく、これはどうやって海外から運んだんだろう？　とか、いくらかかったんだろう？　といった下世話な興味が湧いてくることもあります。

南條　そういうのを、「アートマネジメント病」というんです。キュレーションの仕事ばかりしていると、単純にアート作品を鑑賞できなくなってくることがあって、すぐに「これは裏で何人くらい働いているかな」とか考えてしまったりします。

壇蜜　アート作品を運ぶ専門の方がいらっしゃる、というのは本当ですか？

南條　もちろん専門の職人がいますよ。ヤマトや日通といった大手運送会社にも専門の部署があるし、カトーレック（旧加藤陸運株式会社）といった会社も名が知られています。世界的には、ちゃんとした美術品輸送会社の連盟があるんですよ。

壇蜜　アートの運び屋さんですね。器用で仕事が丁寧な日本人は、わりと得意そうなイメージがあります。

南條　日本は悪くないほうですね。アジアの国など、昔は結構、普通の引っ越し屋みたいな人が貴重な作品をひょいっと平気で跨(また)いでいたりしていて、ヒヤヒヤすることもありました。そういう国では、日本の業者から美術梱包のベテランを派遣して技術を教えるということも、ありました。たとえば、すごく細かくて、複雑な形をした仏像があるじゃないですか。

壇蜜　ああ、千手観音的なやつとか。

南條　あれをどうやって運ぶのかというと、無数のテグス（細い糸）で箱のなかで宙づりにするわけです。

壇蜜　それで衝撃を分散させるわけですね。テグスの結び方とか位置とか、きっとすごい技術やノウハウがあるのでしょうね。

南條　たとえば、ジェフ・クーンズの『聖なるハート』。２０１３年にやはり森美術館で開催した『ＬＯＶＥ展』の目玉ともいえる作品でしたが、運搬と設置にものすごく手間と費用がかかりました。高さが３・６メートル、重さが２トンもあるラッピングされた巨大なハート形のチョコレートの彫刻ですが、そのためにドイツの技術者を４人呼べと言われたんです。結局、数千万円の経費がかかったと思うのですが、どうしても必要な作品だったから仕方がありません。

壇蜜　ええ、そんなに！　ドイツ人の技師より日本の運び屋さんのほうがきっと優秀なのに。しかし高価な美術作品を運ぶというだけでも、大変な仕事ではありますね。

南條　『医学と芸術展』で展示したダ・ヴィンチの解剖図はイギリス王室のコレクションで、ウィンザー城王室図書館が所蔵しているものです。これも、もってくるのが大変でした。こういう作品はコンサベーターという、保存・修復を担当する専門の職員がアタッシェケースに入れ、手持ちで運ぶんです。

壇蜜 なんだか、逆に怖いですね。

南條 アタッシェケースを置くために、ビジネスクラスの席をひとつ確保するんです。もちろん、コンサベーターはその隣に座ります。

壇蜜 なんと、アタッシェケースに座席ですか。座らせてシートベルトもして、みたいな。そうとうな手間がかかりますね。

南條 お金も時間も、すごくかかります。貸出許可の前にも視察があるんです。それからアタッシェケースとコンサベーターがビジネスクラス2席使ってやってくる。この人が一度イギリスに帰る。展覧会が終わるとまたやってきて、また2席を使って帰る。

壇蜜 お膝の上にのっけてというわけにはいかないんですね。たぶんダ・ヴィンチの解剖図を展示するだけで、プロ野球選手の年俸くらいのお金がかかっていますね。

南條 最近は「持続可能性」とか言って、だんだんエコな風潮になってきているでしょう?海外から大量の美術品を飛行機で運ぶ展覧会への風当たりも少しずつ強くなってきていて、巨大な巡回展はやりにくくなっています。まあガソリンを消費し、炭酸ガスをまき散らしているのは確かでしょうけどね。

壇蜜 でも、そういう作品に来ていただければ、海外へみんなが行くより安くすむわけですし、それを無駄遣いと言ってしまうのは、もったいない気がします。もちろん贅沢もあるとは思うけど、そういう特別なものを愛でる機会がなくなってしまったら、すごく残念です。

南條　まあ、いろんな意味で価値観が揺れ動いている時代ですよね。

壇蜜　こういう大変なときだからこそ、アートが新しい「物の見方」を教えてくれるというお話、すごく身にしみました。

［注］

＊1　「人体の不思議展」：日本では1996年から1998年ころまで各地で開催された。剝製やホルマリン漬けを超え、プラスティネーションという技術を使ったリアルな人体標本や、ＣＴスキャンのような輪切りの標本が話題になったが、背景にある人権侵害を指摘する声もあった。

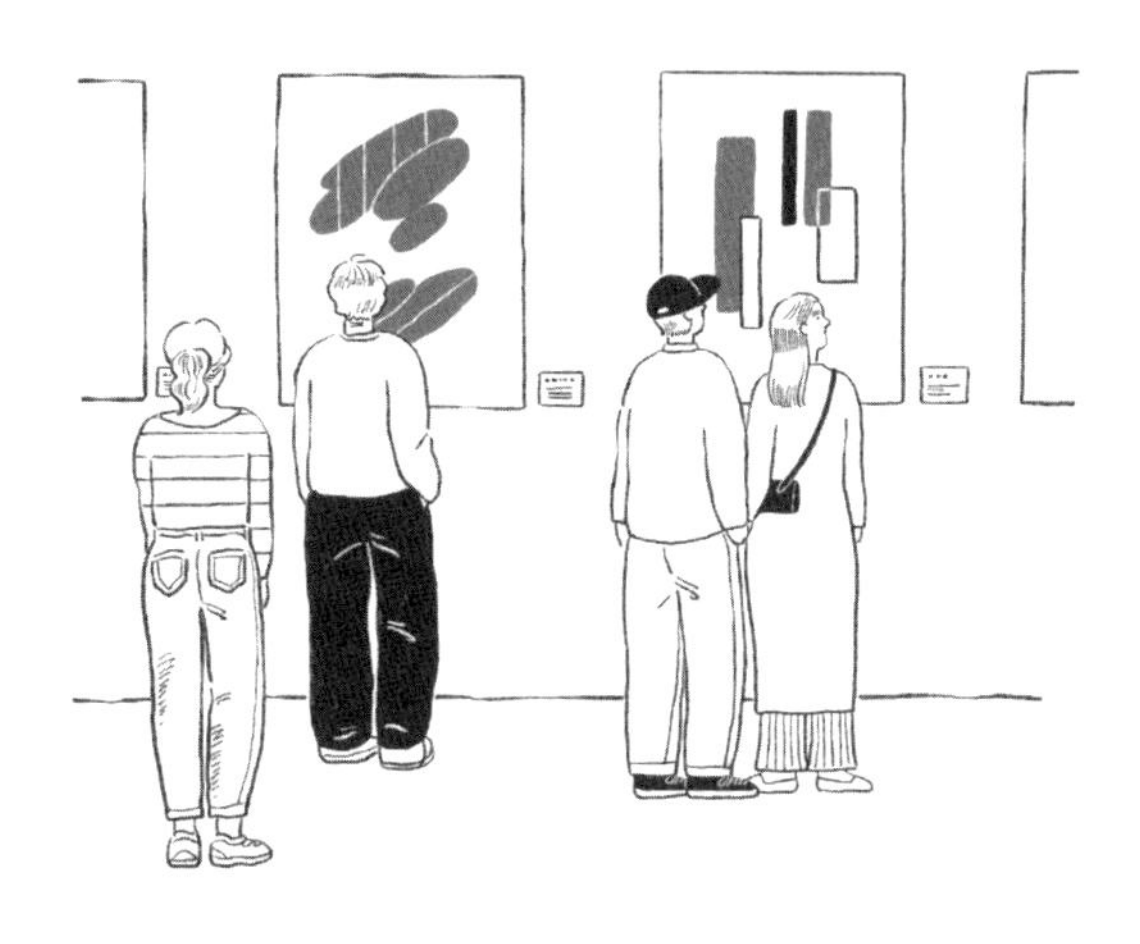

「アート海原遭難者」からの脱却

某人気芸人（コンビ）のネタの一つに、「時を戻そう」というセリフがある。相方がやり取りをしくじったり、ネガティブなムードを感じたときに言う、「なかったことにして上書きしよう」的な意味があるのだろう。彼らは激しく打ちのめすようなツッコミや、世論を揶揄したり風刺するようなボケはあまりネタにしない。むしろ相方の失敗や勘違いを優しく「そういう解釈もあるよね」と言わんばかりに「時を戻そう」「キミが前に出るのなら、俺がずれたらいい」等の新たなツッコミ方を披露する。

無論、時は戻らない。失敗やしくじりを何らかの形で修復できたとしても、失言や相手を傷つけるような振る舞いをして謝罪し許されたとしても、やってしまった事実は残る。それは仕方がない。しかし、人間の脳は積極的にそれらのネガティブな記憶を停止させたり、忘れたり、隅っこに小さく丸めて追いやることもできる。個人の気の持ちようになるが、広い意味で時は傷つかなかったころに戻せるし、失態があった事実を停止させて、新たなアイディアをかぶせて上書きだってできる。上手くいったなら失態は反省会くらいしたら停止させたままだっていい。個人的には時は戻せるし止められるし、未来だって予知できる可能性はあると私は思う。ひどいフラれ方をしてしんどい思いをしても、新たな恋が心身に染み込めば、しんどかった記憶はひとまず停止するし。私の場合は。

南條先生との対談のテーマは、「アートってなんだろう?」だったので、始まる前から私は、不穏な夜の海のようにアートの持つ広い意味と深い歴史の織りなす巨大な波をかぶって溺れるんじゃないかと恐れていた。アートに関する取材を受けても、アートを語る番組に呼ばれても、本心では「?」と感じる節は正直あった。難しい、センスが問われる、解釈も人それぞれ……波にのまれた後、アートの持つ「人を選ぶ雰囲気」に選ばれず、「センスない」とボコボコにされてしまうくらいは覚悟した。浦島太郎のオープニングの亀ばりに。しかし、南條先生の「アートは何でも受け入れる容器なんだよ」という言葉に触れて、アート海原を漂うための小さな船に入れて貰った気になれた。私がアート海原を怖がっていたのは、絵や彫刻などの作品（作者）と自分の間にしか対話が生まれなかったからのようだ。南條先生いわく、現代美術の前は作品に歴史や体験談があったなかったで見方が変わり、周囲が侃侃諤諤と議論してどんどん解釈を複雑にしていったから、私のような「アート海原遭難者」が多発しているのだという。現代美術は現代に起きていることをアーティストが表現するため、言葉や定義はあまり必要ない世界……新しい言語として人にこれから伝えていくものだとお話しされていた。

これからのアートは、「目の前にあるこの作品が好きだ。どうして好きなんだろう、興味深く見ていられるんだろう」と己に語りかけながら考えを巡らせる時間を大切にしてほしいという。じっくり、時をかけて、ひとり静かに向き合う……まさに感染症蔓延中の今にうってつけの楽しみ方ではないかと気付いた。最近では撮影可能な作品展も開催され、現場を離れても自問自答の楽しみや余韻が残るのはありがたい。しかし、著作権に関してはまだまだ手放す手放さないでさまざまな視点から意見が飛び交い、南條先生は「権利って、難しいよね。許可されないと見せられないんじゃ何処でも誰でも触れられるチャンスも、海外に発信するチャンスも逃しがちになるよ」とため息混じりで苦笑されていた。たしかにマンガやアニメもアートの一環とするなら、個人的にお金を出して楽しむこと前提で作られている。

現代美術の派生として、今は何でもアートと絡める事ができる風潮になったようだ。遺伝子操作でホタルイカの遺伝子を持った光るウサギ、側頭部にエラがあり水中でも生存できる遺伝子を組み込まれたデザイニングベイビー（実現はしていないが）、自分の細胞を進化させて再度取り込み若返りをはかるアンチエイジング、山水画からヒントを得た建築物に、かつて耳を切り落とした某画家の耳を遺族の遺伝子を合わせて再生する試みまで……南條先生が教えて下さったアートの懐の深さは、私の乗った小舟に心地よい知の波を起こしてくれた。画家の耳が再生できたら、レプリカみたいに大量生産して販売してくれないだろうか。家に飾りたい。

壇蜜

「占い」って何だろう

鏡リュウジ

かがみ　りゅうじ

翻訳家、占星術研究家。

1968年、京都府生まれ。国際基督教大学大学院修士課程修了。英国占星術協会会員。京都文教大学客員教授。東京アストロロジー・スクール代表講師。主な著書に『占星術の文化誌』（原書房）、『タロットの秘密』（講談社現代新書）、訳書にジェイムズ・ヒルマン『魂のコード』（朝日新聞出版）、他に平凡社新書『星占いのしくみ』（石井ゆかりとの共著）など多数。

もうひとつの、ブルーカラーの人生

壇蜜　昔から母や祖母と一緒に『オレンジページ』の占いを読んでいました。だから今日は、すごく感動しています。

鏡リュウジ（以下、鏡）　3世代で読んでいただいているとは……。ありがとうございます。

壇蜜　今回は他の著作も読ませていただき、特に身のまわりに潜む「予兆（サイン）」を集めた本（『決定版 幸運を招く！ 鏡リュウジの予兆(サイン)事典』ぴあ、2019年）とか、すごく面白かったです。私はよく夢を見るのですが、なかでも同じ場所、決まった設定の夢を見ることが多いんです。

鏡　面白い！　メタバースを先取りしている感じの夢ですね。

壇蜜　住んでいる場所も働いている所も決まっているし、そこに帰っていく感じ。だから、ひじょうに寝た気がしないんです（笑）。そんな「夢でだけ送る人生」はいらない、もっとよく寝たいというのがありまして……。

鏡　人生を2倍生き、楽しいような気もしますが違うんですね。あちらでは、何のお仕事をされているんですか？

壇蜜　向こうで私は結構ブルーカラーなので、生活がちょっと大変です。台湾とインドネシアを足して2で割ったような、年中半袖ですごせるような気候と場所の設定で、都会の雑居ビルに暮らしていて、仕事は廃品回収なんです。

鏡　それはまた……具体的だけど、とても象徴的なお仕事ですね。何を回収されているんでしょうか？

壇蜜　自転車があふれている世界で、大抵は回収した自転車を買い取り業者に運んでいき、また次の自転車を探しにということを繰り返しています。最近は、月に3回くらいは見ていますね。

鏡　夢にもいろいろな解釈がありますが、一番よくあるのは日常の世界を補償（コンペンセーション）するものという考え方。現実ではできなかったことをするとか、生きられない人生を生きるとか。ユング派などは、意識の一方的な発達に、無意識の側から揺さぶりをかけている、というような言い方をしたりもします。どちらにせよ夢を内面からのメッセージと捉えるわけですが、壇蜜さんの夢は、単純な現実世界でできなかったことの埋め合わせではなさそう。人が捨てたものにもう一度生命を与える。それが自転車という乗り物……。

壇蜜　なぜ寝ているときにまで、こんな苦労をしているんだろうと……。

鏡　荒唐無稽（こうとうむけい）ではあるけど、何かそこにリアリティを感じておられるんですね。まるで本当に魂が別の世界に行っているような。普通からしたらだいぶ変わった感覚に映りますが、かつてはそんなことも普通だったのかもしれません。西郷信綱（さいごうのぶつな）という古代文学の研究者が書いた『古代人と夢』という本を思い出します。本の冒頭で著者は、「夢を信じた人びと」が古代人であると定義するんです。もちろん壇蜜さんの場合は夢を文字通り信じておられるわけじゃありませんが、夢の世界をひとつのリアリティとして感じてらっしゃる。そういう夢を見る方って他にご存知ですか？

壇蜜　あまり聞いたことはないですが、ラジオ番組でご一緒している大竹まことさんも若いころ、そういう決まった夢を見ていた時期があったと仰ってました。

鏡　壇蜜さんの場合も人生のある時期に起こる現象かもしれないし、あるいは元々の感性のなせるわざかもしれない。いずれにせよ、夢と現実のダブルライフ、いいじゃありませんか。

「古代人」としての私たち

鏡　昔の人にとって夢はすごく大きな意味をもっていて、それは超越的な世界とのチャンネルだった。西郷信綱さんの定義ではありませんが、そのリアリティが信じられなくなり、夢は一種のフィクションでしかないと考えるところから近代がスタートしました。言い換えると、内なる世界と外の世界が完全に分離したということでしょう。そういう近代的な価値観から見ると占いが胡散臭い、馬鹿馬鹿しいとなるのもわかります。だって、夢や星、出たカードと外側の世界が繋がっているわけですから。夢に好きな人が現れると現代人は「私、あの人がそんなに好きなのかな」と自分の内部のこととして理解する。けれど昔は「ああ、あの人が私に会いに来た、あの人もきっと私が好きなんだ」となる。

壇蜜　ただ、その古代人としての一面は、濃淡はあれど、今もみんなもっているんですよね。

鏡　そうだと思うんです。このあいだエリザベス女王の国葬の前日、二重の虹が出たといって話題になりました。今の天皇陛下の即位式（即位礼正殿の儀）のときも、東京で降っていた雨がやみ、虹が現れました。それをＮＨＫとかＢＢＣといった立派な報道機関も報道してしまう。科学的に考えれば意味のない偶然ですが、ついつい人はそこに意味を読み取ってしまう。それは、多分、僕たちもどこかで西郷信綱さんのいう「古代人」だからではないでしょうか。

壇蜜　虹はたしか日本古来の吉凶でいうと、凶のほうが強めでしたよね。『万葉集』には虹を詠んだ歌がひとつしかなくて、不気味なものとされていて。それがいつからか縁起のよいほうへシフトしていったという話を聞いたことがあります。

鏡　それは知りませんでした。ヨーロッパでは昔から吉兆ですから、今の日本ではその影響が強いのかもしれませんね。日常の秩序から離れた象徴は、穢（けが）れにもなるし、聖なるものにもすぐ反転します。

壇蜜　黒猫なんかも、そうですよね。世界で見方がちがう。白い着物でお葬式をやっていた時代もありましたし。何かの縁起がいいのか、縁起が悪いのかというのも時代や文化によって違う。でも、たとえば葬式はいつどんな段取りでやり、何を着ていくべきとか、そういうしきたりや決まりがないと、結構私たちは難しくて判断できない、正気を保てなくなっちゃう人いるかもな、といつも思うんです。

鏡　そういうものから、なるべく自由になりましょうというのが今の社会のエートスではあるでしょうが、しかし……ね。

壇蜜　やっぱり、それは無理だと思います。

鏡　今、話していることって「分類の体系」です。自然ってそのままだと人間にとっては制御できないものでしょう？　何もかもがシームレス。しかしそのシームレスな世界に対して人間の思考は枠組みをつくり、ラベルづけをし、いわばファイリングシステムによって秩序をつくっていく。社会的な秩序も本当はフィクションなのだけれど、リアリティをもたせるためにさまざまなコードを使って構造化していく。色彩の象徴もそのひとつですね。葬式には黒い色を着ていくなんていうのも、そのひとつですね。

壇蜜　物差しをつくることで、自分が今どこにいるか安心できるということですよね。

鏡　さきほど、この部屋に入ってくるとき、この席にご案内いただいた。でもこの位置って、「上座（かみざ）」っぽくて申し訳ないと感じちゃったんです。席次なんてあくまでもローカルな文化的コードにすぎないとわかっていても、それが身についているから気持ち悪く感じるんですね。

壇蜜　やたらに分厚い座布団に座らせられたりすると、なんかあるの？　何か無茶を要求されるんじゃないか？　と思っちゃいますよね（笑）。

日本は神様も占いをする国

鏡　以前、日本でも有数の科学研究の組織を案内していただいたことがあるんですが、そこでもお札（ふだ）が貼ってあるのを見て、びっくりしたことがあります。

壇蜜　なんと科学の組織にお札が。なんか、「ジュリアナ東京」に数珠をもっていくみたいな感じでしょうか？

鏡　それはファッションぽいですけど（笑）。最先端科学の仕事をする研究者や技術者でも、普通にお札とか貼っちゃうんだなと感心しました。

壇蜜　やっぱり最後は、手を合わせたりもするんでしょうね。そういうのって絶対なくならないですよね。そのうちメタバースのなかにも神社ができたりして……。

鏡　絶対にできると思いますよ。メタバース内に神的な存在が生まれたり、人気パワースポットもできるはず。

壇蜜　どんなに科学が発達しても、逃れられない。たとえば、「やっぱり私が見たからコスタリカ戦に負けたのかなあ」とか思っちゃいますし、日本人の何割かはそんなふうに思っていると思いますよ。

鏡　そうそう、ついつい妙な魔術的因果論で考えちゃいますよね。

壇蜜　一番近いのでいうと「雨男」とか「雨女」でしょうか。こういう話って、すごく身近ですよね。根拠や信憑性はないのに、みんなが共通してもっているというか。

鏡　死に際して手を合わせたり、お札を貼ったりするのは広い意味での宗教的行為ですが、今日のお話のテーマである「占い」ともつながっていると感じます。日本では、こうした話題がまざりあっても違和感がない。ところが欧米では伝統的に宗教と占い、宗教と呪術を分けたがっていた感じがあるんですよね。大学で宗教学の授業をとった時、僕は、そこが最初は理解できなかったんです。

壇蜜　たしかに、占いとか迷信は一段カジュアルなものと見なされがちなイメージがあります。

鏡　欧米の「宗教学」のスタートは、そこにあると思います。長い間、キリスト教以外の信仰や信念は「宗教」とは認めにくかったのでしょう。でも19世紀末から、宗教を複数形で論じるようになってきた。「諸宗教」がある、とね。でもやっぱり高級な宗教と俗信や呪術を分ける気分はあるような気がしますね。

壇蜜　「準宗教」みたいな感じでしょうか。日本は、そのあたり曖昧ですよね。

鏡　なんせ神様も占いをするくらいですからね。『古事記』には、伊邪那岐神と伊邪那美神の2神が、国生みがうまくいかない理由を相談して占うエピソードまであるくらいですから。

壇蜜　そうか、日本は神様も占いをする国なのですね。

鏡　それをアニミズムとかシャーマニズムなどの名で呼び、文明とともに段階的に発達していくとしたのが古い時代の欧米の宗教学でした。でもキリスト教のミサだって、ウェーバーなんかは「魔術」に分類されちゃう。

壇蜜　欧米では占いも、よくないものと考えられていたのでしょうか？

鏡　もちろん古代においては認められていたわけですが、だんだん、周縁化されたり、排除されるようになってきた。ときに魔女狩りみたいなことも起こる。

壇蜜　神以外の、何か邪なものの力や知恵を借りているというイメージでしょうか？

鏡　ちょっとわかりにくいですが、キリスト教あるいは一神教のなかでも、占星術は「あくまでも自然界の法則を理解しようとしているのであり、占いではない」という位置づけになっています。天体は肉体に影響を与え、肉体は情欲をかき立てる。けれども、神に直接由来する魂には、惑星が影響を与えることはない。この範囲内でやっている分には占星術も許されますが、ときにそれを超えて個別的なことまで「当たってしまう」ことがある。そうすると、まさに壇蜜さんがおっしゃったように邪悪な悪霊の力を借りているのだと非難されてしまう。かの神学者アウグスティヌスはまさにそのように論じています。

壇蜜　なぜわからないはずのことまで当てられたんだ、と責められてしまう心配があるんですね。

肝臓占い、鳥占いに共通するもの

壇蜜　もしかしたら、宗教よりも占いのほうが古いということでしょうか？

鏡　宗教と占いをどう定義するかによると思います。占星術の源泉を辿ればバビロニアの星の宗教があり、それは完全に神々との交流でした。占いを神々と交流する手段、営みだと定義するなら、神々のいないところに占いは存在しないと思うんです。ローマのキケロという思想家の著作の中には、「神々が存在するのだから占いも存在するはずだ」といった占い擁護の不思議議なエクスキューズも出てくるくらいです。古代中近東や地中海世界における主要な占いとしては、占星術や夢占いのほかにも、たとえば「肝臓占い」というのがあって、これは大変に普及していました。生け贄として捧げられるヒツジとかヤギのお腹を捌いて肝臓を出し、その模様とか形を見るのだそうです。

壇蜜　それはじゃあ肝臓占いじゃなくて「肝相占い」ですね。

鏡　それ、これから使わせていただきます（笑）。もうひとつ、「鳥占い」というのもメジャーでした。日本で陰陽師が官職だったように、古代エトルリアや古代ローマにおいては「鳥卜官（アウグル）」という専門のお役人さんがいたそうです。

壇蜜　鳥で、どうやって占ったのでしょうか？

鏡　原っぱに行き天をいくつかの区画に区切るらしいです。そこを鳥が偶然飛ぶのを待ち、どっちの方向からどっちの方角に飛んだから……といった形で占ったようです。中国の亀甲占いとか、さきほどの肝臓占いもそうですが、やはり人為的な線を引いて区切るところがポイントですね。シームレスな自然の中に人工的な秩序を設え、その中に偶然性を呼び込んで兆しを解釈する。先ほども少し触れたように、占いというのは、そういう人間がもつ原初的な分類思考によって駆動されていると思うのです。ただ、その「分類」が完全に恣意的なものかといえばそこは微妙で、文化的な構築物であるのは間違いないけれど、やはり人類に普遍的な何かが基礎にあるとは思います。「人生上向いてきた」なんて言い方をするわけですが、「上」が「良い」かは本来わからないわけで。心理学者ユングが「元型」と言ったのはそのレベルの話だと思います。

壇蜜　方角とか色とかが大きな意味をもつのは、そういうことですよね。

鏡　やや雑学っぽい話ですが、鳥の動きを見て吉兆を占った古代ローマの神官が使った点の「区画」をテンプルムと言ったらしくて、それが「決まった様式」「定型」をあらわすテンプレート（template）の語源になったらしいです。

壇蜜　人間って鳥には何かと深い意味を見出しがちですよね。タイでは囲われた小動物を外に逃がして徳を積み罪を浄化できるらしいのですが、町中で逃がすための小鳥を売っていたりしました。その鳥は、明け方その辺を飛んでいるので捕まえにいくらしいですよ。チベットのように、鳥葬で死体を鳥に食べてもらう国もありますし。

鏡 天上界と地上界のあいだを行き来するような存在ですよね。

壇蜜 伝説上の動物も、がっつり飛べる子が多くないですか？ 竜だったり、鳳凰（ほうおう）だったり、麒麟（きりん）だったり。

鏡 ペガサスにグリフィンも……。やはり、あっちとこっちをつなぐ飛翔のイメージでしょうかね。

壇蜜 飛んでいる夢を見る人も、多いですよね。

鏡 もしかしたら想像力の働きには、何か共通する型があるということなのかもしれませんね。

占いが時代の変化を映す

壇蜜 占い師ってたとえば、私はソフトサラダ煎餅の割れ目で占いますとかでも、いいんでしょうか？

鏡 全然ありですよ。もっとも、基本的な型や解釈体系があったほうが学びやすいし入りやすいでしょうけど、達人はあらゆるところに兆しを読む。ソフトサラダ煎餅占いができる人はかえって達人でしょう（笑）。占いに決まりはないので、どんなものを使ってもできます。ひとつだけ大切な条件のようなものがあります。それは「完全にコントロールできないこと」なんです。

壇蜜 そうか、制御がきかないほうが占いには向いているということですね。

鏡 コインも両方とも表だったら意味がないでしょ。全部同じカードだったら、トランプ占いもできない。どこかにコントロールのできない、偶然性を召喚するためのファクターがないと成立しない。その意味でいうと夢占いは最もオープンエンドな占いですね。偶発性ばかり。

壇蜜 じゃあ夢で占いといっても、明晰夢みたいなのはいまひとつですね。すべて自分がコントロールできちゃう夢とか。

鏡 逆に占星術のほうは、コントロールできない部分が少ない。なぜなら、星の動きは決まっちゃっているから、どんどん宿命論的になっていくんですね。ホロスコープ解釈のルールもかなり厳密。ローマ時代には、すごく宿命論的な占星術が流行りました。ちょうど、そのころ力をもっていた哲学はストア派で、この世界は摂理と秩序という宿命からなり、人間はそれに従い心を乱されずに生きるのが幸せであると考えられていたんです。

壇蜜 当時の世相や人びとの考え方を反映していたのですね。でも、だとすると占星術が今もこれほど人気があるのは、ちょっと不思議な気もします。

鏡　19世紀から20世紀にかけて、占星術は個人の自由意志を重視したものへと大きく変化しました。僕も若いころ、ずいぶん唱道していたんですけど、星が表しているのは個人の内面であるという、深層心理学と結びついた解釈です。自分自身を知ることができれば、生き方も変わり、運命も変わる。現代人にとっては、そのほうが相性がいい。

壇蜜　決められちゃうと、失敗や例外が許されないような感じがしてしまいますから。今の占いって、未来を直接そのまま教えてもらうことより、どこのパワースポットに行けば変われるとか、浄化してもらうとか、ラッキーアイテムは何かとか、自分で何か準備したり行ったりする余地があるもののほうが人気があると感じます。

鏡　そうですね。心理占星術の場合、それは「自分をちゃんと見つめてね」というメッセージになります。あなたが「運命の力」と感じてしまうものは、無意識的な衝動なんだと説明したり。でもこれってよく考えたら、先ほどお話しした、惑星の力は肉体には作用するけれども魂には作用しないという、キリスト教的な占星術解釈の焼き直しなんですよね。

壇蜜　変わったように見えて、実はあまり変わっていなかった……。

鏡　「愚か者は星に支配されるが、賢者は星を支配する」などと言われました。強力なマザーコンプレックスに支配されている人は、そういうタイプの女性にひかれ、そのパターンにはまってしまいがちだが、これを意識化すれば恋愛やパートナーシップの形も変えていける、という考えは、まさにその現代版でしょう？

壇蜜　そういうトレンドが、今も続いているのですか？

鏡　今はそういう心理主義の時代から、社会学とか脳科学の時代に変わってきたのかなと思ったりします。

壇蜜　占いに、社会学や脳科学がどう絡んでくるのでしょうか？

鏡　まだうまく理論化されている感じはしませんね。ただ80年代、90年代には、われわれが困っているのは「心の問題」のせいと捉えられることが多かったけれど、今は社会の構造を分析したり、脳の仕組みを説明するとしっくりくるでしょう？　占いにも、そういう時代の雰囲気みたいなものが強く感じられるという意味です。占いって大変フレキシブルな面もありますから、そういう時代精神を反映したものが登場するかもしれません。

壇蜜　時代の空気、ムードですね。たしかに、心の問題を見つめるのってすごく時間がかかりますよね。その暇がなくなっちゃったのかもしれない。だから脳とか社会とか、わかりやすいものに投影しやすくなっちゃったのかなあ。速く解決したい！　みたいな。

鏡　すべてが、速くなっていますよね。本から動画へ。なんでもすぐ見られ、すぐわかったほうがいい。

壇蜜　時間をかけたくないのかな、時間をかけられないのかな。どっちかな、どっちもか。大体、「肉じゃが」でレシピを検索すると「肉じゃが　簡単」とか「肉じゃが　めんつゆ」とか出てきますものね。すごいもう、どれだけ急いでいるんだという。世の作る方々の大変さもわかりましたよ。このあいだコロッケを調べたら、「コロッケ　揚げない」というキーワードがサジェストされました。

鏡　ははは、どういう意味だろう。買ってくるということなのかな……。

壇蜜　私もそうかと思ったら、ちがいました。スコップコロッケといって、グラタン皿に具をどんと入れ、炒めたパン粉をかけてオーブンで焼くんです。

鏡　あ、美味しそうじゃないですか。普通にパン粉焼きだけど……。それ、今度やってみよう。

壇蜜　ただ、これは多分地中海で食うものだって、私の旦那は言っていました。たしかに、お肉屋さんのコロッケが食べたくなります。

「見えない世界」と付き合う作法

壇蜜　なんとなくですが、占い師にはここでこうしてというルーティンがあり、それを大切にされているイメージがありますが、どうなんでしょうか?

鏡　それは重要な質問ですね。占いに臨むときの儀式。僕自身はクライアントと向きあうような個人鑑定をやっていないから何とも言えないところがあるのですが、占い師にとってそれはすごく重要であるはずなんですよ。

壇蜜　整えるべき、コンディションのようなものでしょうか？

鏡　たとえばタロット占いをやっている人は、結構な割合でクロス（布）を敷くことでその場を「占いの空間」に変えます。日常生活空間とそうではないマジカルな空間を区切る境界というのが、すごく大事なんです。冷静に考えると、あんな紙切れで何かがわかると考えるほうが、おかしいと思いませんか？

壇蜜　え？　でも、それは、どういうことですか（笑）。

鏡　タロットカードに描かれたものが、何らかの形で現実と関わると信じることは、合理的な考え方ではちょっと無理でしょ？

壇蜜　まあ、そうですね。ちょっとシュールではあります。

鏡　だから、そのためには「そっちの意識モード」に入って真剣になる必要があると思うんです。

壇蜜　クロスのなかには、一般常識とか社会通念みたいなものは入ってこれない。ここは違う空間なんだぞということですね。

鏡　そうそう。そして、マジカルな時間が終わったら、ちゃんとクロスを畳んで日常生活に戻りコロッケを焼ける（笑）、そういうオンとオフをつけてほしい。占い師のなかには、食事にいってもずっと星の話をしているような人もいますけどね。『すずめの戸締まり』じゃないですけど、開けたら閉めようよという話ですね。

壇蜜　開けたままではダメ、全部出てきちゃうよ。

鏡　占いとかスピリチュアルにハマる人のなかには意外と多いんです。以前、そういうタイプの人をロンドンの大英博物館近くにある魔術専門店に連れていったことがあるんです。そこは100年の歴史を誇るいわば老舗で、本物の魔女と呼ばれる人がやっていて、流行の新しいオラクルカードなんかは置かないというこだわりもある。お鮨屋さんでいえば、軍艦巻きを出さないとか、あるじゃないですか。

壇蜜　うちはカニサラダなんか、ないよ、とか。カニサラダ軍艦、美味しいですけどね。

鏡　ところがその人は、ある流行のオラクルカードのおかげで天使の声が聞こえるようになったという話を延々とまくしたてちゃったんです。そのときのお店の対応が素晴らしくて、感動しちゃいました。にこっと笑って、「よかったね。でも天使は時と場所も考えず、おしゃべりがすぎることがあるから、気をつけるんだよ。運転中とか仕事中とかに話しかけてきたら、今はダメって言いなさい」と言ったんです。

壇蜜　それが「見えない世界」とのお付き合いの仕方なんですね。つい自分で律しなさいと言っちゃうところですけど、しゃべり好きな天使のせいにするところがいい。さっきのルーティンとも、すごく通じる話ですね。

鏡　そうです。

壇蜜　でも、やっぱり天使って「KY（空気が読めない）」なんですね。アニメとマンガで描かれる天使もKYで勝手な子が多くて、なんとなく不思議だったのですが、ようやく腑に落ちました。

鏡　ああ、そうですね。それもさっきの占いの本質と同じで、KYじゃないと決まりきったことしか言ってくれないから。天使のカードも、KYでおしゃべりである必要があるんですよ。

壇蜜　そうか、KYも想定外のひとつってことですものね。

鏡　キャンディーズの歌で「ハートのエースが出てこない」というのがあるんですけど、ハートのエースが毎回出てきたら、占いにならないからですよね。

壇蜜　たしか、それが最後のシングルとなったお引っ越しの歌（「微笑がえし」）で出てくるんですよね。「家の中からハートのエースが出てきましたよ」という歌詞となっている。

鏡　ははは。さすが、よくご存知ですね（笑）。

「波動」や「量子力学」には気をつけよう

壇蜜　私自身はたとえばネットの占いでも、「今日は無理をせずゆっくりしましょうって、今週2度目だぞ〜」なんて思いながらも、それはそれで自分の予想していなかったアドバイスだし、「じゃあ。ゆっくりしようか」という気持ちにもなれて、うまく付き合えるタイプだと思います。でも、さっきの話みたいに、のめりこんじゃって石を持ち歩くような人になる可能性も紙一重ですよね。実はうちの旦那がちょっとそうで、砂と塩が好きなんです。

鏡　お清めに使うやつですね？

壇蜜　枕の下に、気がつくとジップロックの小さい袋に砂を入れてあったりするんです。あと、居間に神社のお札をいっぱい貼ったりとか……。

鏡　まあ、いいとは思うけど、あまりたくさんあるのは、少し困りますか？（笑）でもあれ、年に1回は替えるものですよね。

壇蜜　はい、だから5、6枚くらいは毎年、行脚していますね。伊勢神宮へ行ったりとか。

鏡　よく歩くし、健康にもよさそうじゃないですか。でも昔はスピリチュアルというと欧米志向の人が多かったものですが、最近少しナショナリスティックというか、「日本スピ」が増えている印象はありますね。

壇蜜　本人が信じてやっていることなんで、私は特に抵抗ないんですけど。じゃあ特に珍しくもないし、心配することもないでしょうか？

鏡　もちろん「日本万歳」が行きすぎると怖いというのも、あるかとは思いますが……。そういう人は、占いには行かないけど、陰謀論と結びついたり、いわゆる偽史にハマったりとかする傾向はありますよね。

壇蜜　80年代から90年代にかけてオウム真理教事件が起きて、宗教やいわゆるオカルト的なものがすごく批判されたことがありましたよね。

鏡　でもその後、すぐにオカルト的な言説は出てきましたから、やっぱりマジカルな思考は根強い。一方で僕自身、スピリチュアルな言説であるとか、雑誌『ムー』で取り上げられるような事象も「知的な遊戯」として楽しんでいましたから、いろんな意味でそれを「文字通りに信じる人がいる」ことには衝撃を受けました。

壇蜜　ムー民ですね。今もそういう方、結構いらっしゃいます。

鏡　『ムー』に育てられたところがあるし、今も大好きですが、文字通りに信じる人が出るかもしれないと気をつけるようにはなりましたね。最近でいえば、都市伝説というジャンルができて、あれも好きですよ。

壇蜜　「やりすぎ」的な。

鏡　あの番組、好きでした。しばらくはテレビのお笑いって、一発芸というかT・iＫ ＴｏＫで行けるリズム芸みたいなものばかりだったでしょう？　でも、「やりすぎ」では演者さんたちが結構な長尺の「語り」の芸を披露していた。で、「信じる、信じないはあなた次第！」という決め台詞で締める。この台詞の絶妙なこと。

壇蜜　そこの線引きは、すごくむずかしいですよね。ある程度は本気にならないと面白くないというのもあるし。鏡さんは、そのあたりで迷いはなかったのですか？

鏡　僕は慎重なタイプでしたが、占い的な世界にリアリティを感じていたのは確かなんです。だから「なぜ？」と思ったとき、必要だったのがユングという心理学者でした。ユングは「心的なリアリティ」というような、ちょっとずるい言い方をしている。あるとない、の中間点みたいな、クッションのような表現で象徴の解釈を可能にしている。ただ、僕の若いころにはこっちの世界とあっちの世界の間に、わりと強固な扉があった気がするんですが、今はちょっとそれが薄くなっているんじゃないかと思うことはありますね。

壇蜜 かなり、薄くなっていると思います。

鏡 炎上したくないし、あまり言いすぎないようにはしているんですけど、たとえば「波動」とか「量子力学」という言葉が出てきたら警戒しようね、とよく言っています。

壇蜜 うーん、なるほど。「波動」や「量子力学」が、その境界線を破ってしまうのでしょうか。

鏡 象徴的な次元を、科学っぽい言葉で語っちゃうと現実化、実体化させちゃう。疑似科学ですね。それがヤバいと感じるんです。

壇蜜 ふたつの世界を隔てる扉を破ってまで、融合させたくないですよね。それはそれ、これはこれ、しっかり分けておきたい。

「人間って何？」を問う時代に入る

鏡 占い師がやっていることって実は、すごく些細なことなんです。たとえば2011年に東日本大震災が起きた後、星占いなんか書いている場合じゃないという気分になりました。でも、あのときブログにこう書いたんです。同業者のみなさん、いまさら「これを自分は当てていた」って絶対に言わないようにしようね。そして、これまで通り毎日の星占いを書き続けましょうと。

壇蜜　たしかに来週のこと、来月のことが、あそこまでわからなくなるようなパニックって、あのとき以降も、以前も感じたことがなかった。

鏡　明日のラッキーカラーとか、恋愛運がどうとか言っている場合かよ、という思いがありました。でも、ちょっと待て、これが毎日とか毎週とか、流れ続けていることが、日常生活をどこかで担保させているんじゃないかと思い直したんですね。

壇蜜　コロナ禍でも、同じようなことを感じました。

鏡　ふだんと変わらないラジオ番組が流れているというのも、同じような意味をもちますよね。日常生活の小さな支えになっている。

壇蜜　他のチャンネルがすべてニュース一色になっているのに、テレ東だけピカチュウが映っていたりすると、ちょっとほっとします（笑）。そして雑誌の恋愛占い特集とかもそうですが、年中行事でもあり、一種の風物詩ですよね。

鏡　そうです。ただ最近は女性誌も占いの特集はやるんですが、あまり恋愛、恋愛とは言わなくなったんですよ。

壇蜜　そういえば、言わなくなりましたね。恋のお守りとか、素敵な彼氏がどうとか、恋人が見つかるおまじないとか。私はその世代でしたから、ずっと信じていましたよ。ペールピンクのペディキュアをすると運命の人が現れるって。全然ダメでした……。

鏡　でも、今ちゃんとパートナーの方がいらっしゃるじゃないですか。

壇蜜　いや、学生のころの話ですから。

鏡　かなり遅れて効果があったのかも……（笑）。

壇蜜　あのころ頑張っていたのが、今やっと実を結んだ？　最近は素爪ですけど……。恋愛占い特集がないのは、ちょっと寂しいですね。もう今は、恋愛の時代じゃないのかな。

鏡　それはあると思いますね。でも、結婚に対しての意識は高いかもしれない。

壇蜜　恋愛をしないで、どうやって結婚するんだろう（笑）。

鏡　派手なレストランに行って恋してとかより、ちゃんと地道に生活したいという感じでしょうか。

壇蜜　ところで、これからしばらくの間、どんな感じになるのでしょう？

鏡　２０２４年くらいから約20年間は、冥王星が水瓶座にいる期間となります。２０２３年は、だから激動の年になるでしょうし、これを狭間として時代が大きく動くことになる。たぶん、「人間って何？」みたいな根源的なことが問われていくと思っています。

壇蜜　ＡＩと人の融合がどんどん進んでいく世界の、ちょうど狭間にわれわれが生きていると考えると、それはすごくよくわかる気がします。なんとなく世のなかを見ていると、今までわからなかったことに、まとめて答えを出そうと躍起になっているような印象を受けるんです。すごく無理をして、折衷案を出そうとしているような。

壇蜜　なるほど、面白い見方ですね。

鏡　でも、あんまり突き詰めちゃいけないっていう気がするんですよ。全部UFOのせいにしておいたほうが楽じゃないかと思うこともあります。

壇蜜　ははは、なるほど。

鏡　でも、どんなことがあっても、また年を越せばちょっとは変わるという希望をもたせてくれるのが、鏡さんみたいな方が書いてくれる文章なので、それはとっても支えになります。ゴールのわからない、ひたすら走り続けるだけのマラソンは辛いですから。

壇蜜　ありがとうございます。そう仰っていただけると嬉しい。

鏡　どんな悪いことが書いてあったとしても……。

壇蜜　まあ、悪いことは書かないようにしようと思ってますけど（笑）。でも、そうです。占いっていうのは時間に区切りをつけていく仕事でもありますね。

対談を終えて

暮らしにメリハリを付けてくれるもの

占いやまじないごとに興味を持ったきっかけはハッキリ覚えている。10歳のころだった。小学生向けのマンガや記事が掲載された雑誌（小学○年生的なモノ）の中で10歳の少女が主人公の少女マンガを毎月楽しみにしていた私。ある月の連載にて、その少女がトランプで自分と彼女の大好きな年上男子（中学生）との相性を占う。相性が良いとわかり喜ぶ少女。数日後偶然にも年上男子から映画デートに誘われ、デートの最後に唇を寄せたキスをするのだった。私は驚愕した。同い年の少女が占いに身を任せ、男子とキスを!!　と。何て進んでいるんだ、何て大人っぽいんだ、と当時まだぬいぐるみや「○○ちゃん人形」と戯れて塗り絵や水絵に興じ、夕方放送されるアニメを観たり、おやつを食べつつ観ていた己を恥じた。恥じた……と言うより、急に子ども過ぎやしないか私、と改めて自覚した。今の10歳はどうかわからないが、そのころ10歳でトランプ占いをしたりデートしたり年上男子との会話を自然に交わしたり、ましてやキスまでしてしまうなど先々の話だと思っていたため余計に動揺したのだと思う。同時にクラスの中で大人びたグループの子たちからローティーン向け恋愛小説を貸してもらい、回し読みするのが流行っていた。そこでも自分と同じくらいの歳の少女が同級生男子や先輩男子とキスまで展開を進めている作品が多かった。作品の中には恋を実らせたくておまじないや占いをするシーンもセットで描写されていたため、「これやったら私もあのマンガや小説の大人みたいな恋が……」と占い、まじないごとに心を持っていかれた。だから私の「フォーチュンテリングブレイク」は10歳なのだと断言できる。

私が選んだのは妖精の力を借りてトランプ占いをしたり、おまじないをする参考書を頼りに「運命の相手」や「私のことを好きな人」をさがす方法だった。今のままではどうにもならないと悟り、妖精の助けを借りて恋をしたかったのだろう。しかし、いくら妖精の力を借りたとて女子しかいない学級（男子は別のクラスに8名しかいなかった）で女子校へ進級するのが決まったような環境。習い事や課外活動もしておらず、同世代の異性と交流する可能性がない世界……当然ボーイフレンドなどできるわけもなかった。妖精だってお手上げだったと思う。ただ、占いやおまじないは好きなまま今日に至る。それらが持つ神秘的な世界はちょっと不安定で予測も付かなくて、嬉しいとガッカリが行ったり来たりする刺激的なものだと感じたから。対談中に鏡先生も「制御のできない場所にあるのが占いです」と教えてくれた。あまりにも運命だ、運命だと言われるとがんじがらめになってその人の持つ力を塞いでしまうかもしれないから、鏡先生は己を知って運命と向き合い、時には変えたりするようなきっかけを作るメッセージを伝えるのだという。

我が家は祖母、母、私と3世代にわたりある雑誌を読んできた。未だに実家に帰るとまとめてその雑誌を読む。ひと月2回の刊行で、料理、家事メインの雑誌だ。雑誌名にとある柑橘類の名前が付いていると言えば、勘の良い方にはおわかりいただけるだろう。その雑誌には定期的に鏡先生の占いが掲載され、いつも楽しみにしていた。結果の良し悪しに気持ちを左右もされたが、その時その時を区切るようにお告げをもらっているようで、安堵したり嬉しくなったり慎重になれたりして、暮らしにメリハリを付けてもらっている気がした。

現在は全てにおいて昔以上に「何が起こるかわからない。悪いことが起きそうな予感がする……」と思わせるような暗いニュースや現象が多い風潮にある。占いを求める人びとも、この恋愛は成就する？　より総合的にどうなってしまうの？　安定のために結婚したいけど、できますか？　的な不安を拭いたい感情を抱えお伺いをたてる傾向にあるという。それを聞いて、恋愛より結婚したい？　まずは恋愛しないの？……私の考える順番とは違う価値観だ……とちょっと置いていかれた気分になった。しかしそれが今求められがちなことなのだろう。

占いは心身に警戒と希望を改めて植え付けてくれる手段だと今回の対談にて改めて確信した。従いすぎず、ちょっとした遊びのつもりで垣間見ることも必要かも……。

壇蜜

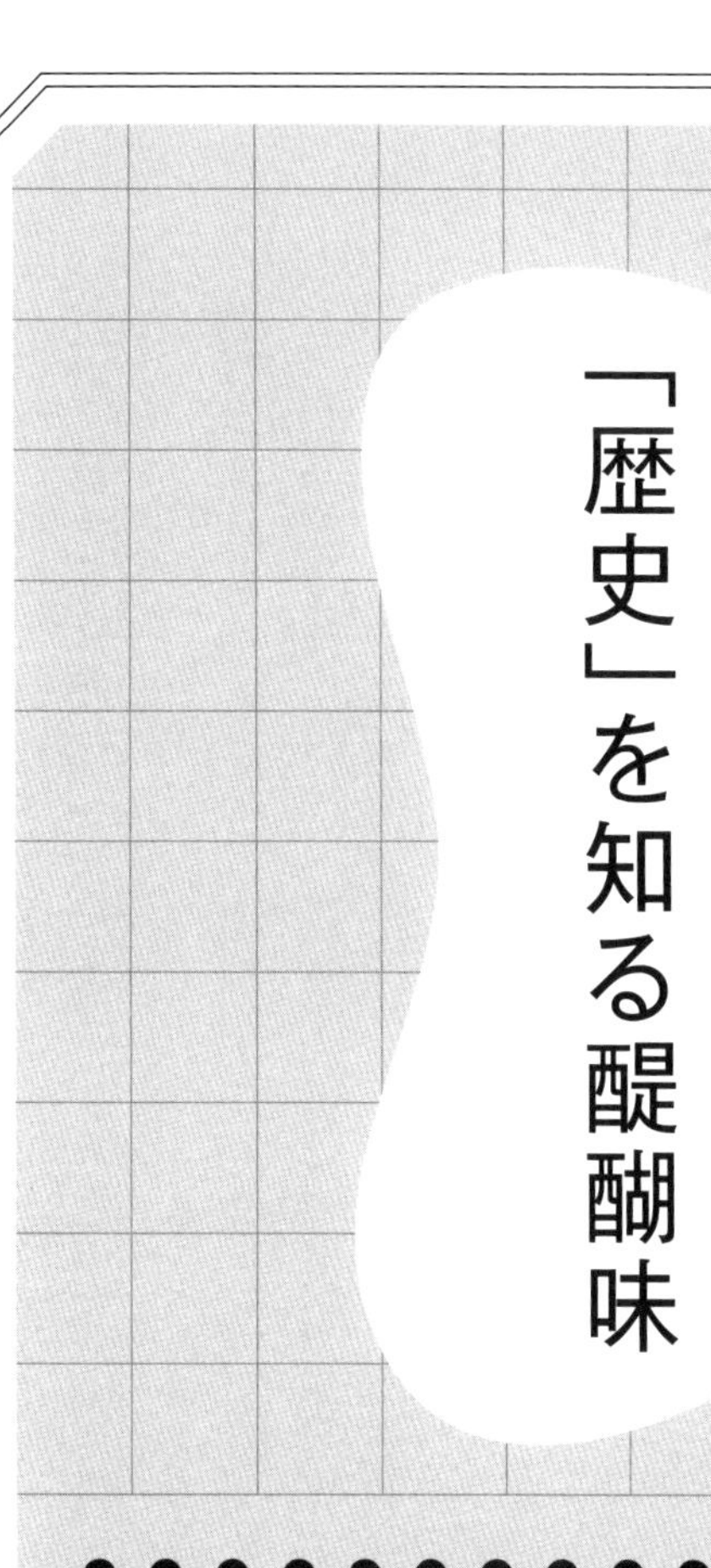

「歴史」を知る醍醐味

本郷和人

ほんごう かずと

東京大学史料編纂所教授。1960年東京都生まれ。東京大学大学院人文科学研究科修了。東京大学史料編纂所助教授などを経て現職。主な著書に『日本史のツボ』『承久の乱』『日本史を疑え』（以上、文春新書）、『軍事の日本史』（朝日新書）、『乱と変の日本史』（祥伝社新書）、『歴史学者という病』（講談社現代新書）。

教科書には載っていないことこそ面白い

壇蜜　実は歴史は一番成績がよくありませんでした。でもここ1年くらい歴史に関する動画を見たり、記事を読んだりしています。特定の時代や人物よりも、職業的なものに関心があり、中でも「屁負比丘尼（へおいびくに）」は面白いなあと。お年頃の良家の子女たちのお側につかえて、万が一その子女がおならをしちゃったときに、私がやりましたっていう職業の人たちのことです。

本郷和人（以下、本郷）　江戸時代は今の時代からするとユニークな職業、ニッチな職業があったらしいですね。「親孝行」という商売があったりして。人形を背負い「親孝行でござい〜」と言って歩くとか。

壇蜜　あとは湯女（ゆな）とか三助、出島専門の丸山遊郭についても興味があっていろいろと調べました。ほかには、九州などから海外に出稼ぎに行った「からゆきさん」の歴史も同じ女性として気になります。ここ最近ですと、男娼を斡旋する陰間茶屋（かげまぢゃや）のことも気になる。いずれも学校の授業ではなかなか教わらないことばかりなんですが、どんな時代でも表にはあまり出ないような、出てきてはいけないような人たちがいたんだと改めて思います。

本郷　陰間茶屋のような職業は、ある種の悲しみみたいなのがありますね。若いころは少女のようにかわいらしいと言われていても、ある程度の年齢になると、当然男になり、もっと歳を重ねると容姿が衰えてくる。旦那がつくこともあったようですが、その旦那の口説き文句というか、愛のささやきも、お前がいくつになってもわしはお前のことを離さないからな、みたいなことになるらしいんですけど、ちょっと切ないですよね。

壇蜜　彼らのその後の身の振り方について調べたことがあります。18から22歳くらいになると旦那さんの紹介で女の人と結婚したり、旦那さんの仕事を手伝ったり。歌舞伎の世界に戻って役者をしながら、今度は女性のパトロンを探すっていう人もいたようです。

本郷　容姿端麗ですから女性、とりわけ年上の女性には大人気だったでしょうね。大店のおかみさんとかわりと豊かな暮らしをしている女性の不倫の相手になったりするんですね。

壇蜜　そういう人たちがいっぱいいいたらしいのですが、なかでも陰間茶屋を運営する人といい感じの仲になって、2人で新しい陰間茶屋をつくる特殊な人もいたようです。

本郷　男色の歴史は、古代まで遡ることができ、古今東西さまざまな記録が残っていたり、驚くような話が伝わっていたりと、深掘りすると面白いですね。日本は世界的にみてもかなり盛んに行われていたようですね。

壇蜜　そのようであるとお聞きしたことがあります。外国では宗教上、男色が禁止されるところもありましたから。戦国時代、戦場には女性を連れていくことができなかったので、女性の代わりとして男性を愛で、愛しい男性の存在が戦うためのモチベーションになった。聞くところによれば、男性同士のほうが女性よりも裏切ることが少なかったようで、そういう理由もあって男同士の愛というのが尊ばれたのでしょうね。

本郷 それこそ織田信長はタブーなしで男性を愛でていた。一方で豊臣秀吉はまったく男色に興味がなかった。徳川家康は井伊直政が相手だったという話はありますが、基本的には女性が大好きで、男性と体の関係になるというのはなかったかと思います。

壇蜜 武田信玄も男色を好んだようですね。他の男性との浮気がバレそうになって恋仲にあった人に送った弁明の恋文があると聞いたことがあります。

本郷 それは春日源助(かすがげんすけ)宛ての恋文ですね。正式には「春日源助宛武田晴信誓詞」と言って、現在、私が勤めている東京大学史料編纂所が所蔵しています。洋学者で政治家であった神田孝平という人物が蒐集した文書の中にあります。

壇蜜 そうなんですか。見てみたいですね。信玄にとってみれば恥ずかしい恋文だと思いますが……。

本郷 少し話がそれますが、その神田孝平には神田乃武(ないぶ)という養子がいました。津田塾大学の創設者として知られている津田梅子が留学先から日本に帰ってきたときに、神田乃武は「僕の奥さんになってください」と一生懸命口説いたものの、津田梅子に断られたっていうエピソードが残っています。その当時は、互いの身分や家などの立場で結婚しますので、断られても仕方ありませんね。でも津田梅子だけではなく、梅子と一緒に帰ってきた大山（山川）捨松も口説いていたそうで、残念ながらまたしても断られたそうです……。

津田梅子は、6歳でアメリカに留学し、18歳の時に日本に帰国しました。帰国して何度か縁談の話はあったようですが、「いい加減にしてください。私に結婚の話をもってこないように」という梅子の手紙が残っています。しかし、伊藤博文は彼女だけは口説かなかったそうです。

壇蜜　それは意外ですね。伊藤博文は女の人が大好きで、茶屋の娘まで口説いていたと聞いたことがありますよ。

本郷　岩倉具視使節団と一緒の船でアメリカへ行って、使節団はそこからさらにヨーロッパへ渡りました。そのときに彼女たちの部屋を頻繁に訪れて笑わせてくれたのが、伊藤博文だったらしいんですよ。ですから、個人的には伊藤博文はいつまでも津田梅子にとっては、話し好きで面白いお兄ちゃんでいたかったのかなあと思っているんですよね。男女の関係にはならないで。アメリカから帰ってきて伊藤家に住み込んで、伊藤の娘に英語を教えるんですよね。だからその意味でいうと伊藤にしてみると、津田梅子は結構大切な女性だったんじゃないかな。

壇蜜　どちらかというと師弟関係というか、身内に近い師弟みたいだから、恋愛に発展しないパターンの絆があったのかもしれないですね。すみません、冒頭からいろんな話題が盛りだくさんで。ただ、教科書には載っていないことばかりですね。でもそのほうが面白かったりして。

歴史に学ぶ、モテの秘密

本郷　さきほど少しお話しした大山捨松は「鹿鳴館の花」だと称されるほど美貌が評判だったようです。写真を見るとそんなに綺麗かなあと個人的には思いますね。

浮世絵の美人画についても同じようなことを思っています。浮世絵は写実的な絵ではないと理解していますが、それでも当時は引目かぎ鼻のような顔が美人だったのかなって思います。しかし不思議に思うのですが、江戸時代からさほど時代が経過していない明治時代の美人が「東京美人百選」と謳われたような写真などを見ていると、みんなきれいですよ。現代でも美人だと言われる女性を浮世絵で描くとそうなってしまうのかなあと。そしてそれはなぜかというところに興味がありますね。

壇蜜　花魁もそうですよね。浮世絵だと正直言ってうーん、今の感覚だと美人かなあと思いますが、明治に入って写真を撮るようになって、それが復刻したりカラーになったりすると、なんか、あー、そうそう美人というのはいつの時代も美人なんだと。ということは、江戸と明治の境目で美人を描くときの表現方法が変わってきたんでしょうね。

本郷　やっぱり美人の基準は昔も今も変わらないということなのでしょう。だけど平安時代なんかだと、ふっくらとした女性が好まれていました。また男性も同じように、女性がこの男性素敵だなと思うのって言ってみればふくよかな人。今でも貧しい国へいくと、太っている男性はいい男なんですよね。やっぱり経済力がないと太れないから。

壇蜜　キムタクさんよりも、ホンコンさんのほうがモテるという話を聞いたことがあります。

本郷　どうでしょうね。高木ブーさんみたいな男性でしょうか。そこは美意識が変わっているわけでしょうね。目がつり上がっていて鼻があるかないかわからない。江戸時代の浮世絵を経て、幕末の安政期あたりには写真が出てきて、東京美人百選などではすごい美人が出てくるわけじゃないですか。人間の顔や美人の基準が急に変わるわけではないので、引目かぎ鼻はあくまでも表現方法だなということになると、平安時代の引目かぎ鼻も、たぶん表現方法で。これが美人ってわけじゃないのかなと思っていたんですよ。

ところが鎌倉時代に描かれた「男衾三郎絵詞（おぶすまさぶろうえことば）」に醜女という形で出てくる女性の絵があるんですけど、それは、目がぱっちり鼻が高くてね。髪の毛はいわゆるパーマがかかったソバージュみたいな。今でいうと美人のタイプに入る女性です。そういう女性が醜いということになれば美的なセンスというか、美しい顔というのは変わってきているのかと。

壇蜜　その人そっくりに絵を描いているわけじゃなくて、美人になるようにという意識で絵師さんが描いているとしたら、元の顔って謎ですよね。

本郷　そうですね。だけど、平安美人というのは、高貴な方であればあるほど、檜扇（ひおうぎ）で顔を隠すから、あそこに美人がいるらしいぞって貴族のあいだで評判になったお姫さまといっても、顔の作りじゃなくて、髪の毛が重要なんですよね。長くて艶やかな黒髪。それが美人なんですね。あとはコミュニケーション能力。

一方、女性が男に求めるこういう人がいいという条件として、清潔感、収入、そしてこれは男性と同じなのですが、高いコミュニケーション能力。となると、コミュニケーション能力はとても大事で、そこが長けていないと異性から好かれない。

壇蜜　今の時代のように実際に会って話す機会がないので、対面するまではうまい歌が詠めないと、あとひねりの利いた返しができないとダメですよね。これは現代と同じですよね。おっと思わせるメールが来ると心が揺れますもの。歴史は完全に繰り返していますよね。

叶わない恋を諦めるために

本郷　ひとつ思いついた話があります。『今昔物語』や『宇治拾遺物語』に収められている話なのですが、外見も家柄もよい平中（へいちゅう）[*1]という男がいまして、その平中が大変美しいと評判の女官に恋をします。ですがその女官に言い寄るたびにお姫様はダメですよ、とふられてしまう。平中からアプローチされたら断る女性などいないというのに。

平中は自分を受け入れてもらえないので、悔しいわけですね。この恋を諦めるのにはどうすればよいだろうかと考える。そこで、どんな綺麗な人でも大便をするだろうと。だから、この女の人の大便を拝んでやろうと。当時のトイレは箱みたいなもので、上から大便をすると、箱に入る。それを身分の低いものが、捨てにいって箱を持ってかえってくる。平中は、箱を持った人がやってくるのを待ち構え、その箱を強奪するんですよ。いざ蓋を開けてみると、大便ではなく、お香を焚きしめたものがそこに入っていた。つまり、彼の計画は全部筒抜けになっていて、対策がなされていたわけです。しかしそこで諦めるのではなく、「なんという女性だ」とますます恋心が募るわけですが、残念ながら平中の恋は破談になってしまいます。高嶺の花すぎて手が届かない女性でも、自分と同じ人間だから大便はする、そう思うと恋が諦められるかもしれないと思った平中の気持ちはわかる。

壇蜜　現代でも似たような話があります。すごいナンパが好きな男性編集の人がいるのですが、時々ふられたりすることもある。そうすると彼は諦めるために、「あ、この人生理が重いんだな。だから僕はふられたんだ」と思うようにしているとのことでした。生理が女の人の気分を左右するというのを信じ込んでいて……。

本郷　なるほど。モテる人でもそういうときがあるんですね。でも、モテる人って不思議ですよね。昔、ジェームス三木さんと諸田玲子さんと三人で食事したことがありました。ジェームスさんは人間国宝にしたいほど話芸が多彩。ちょっとエッチな話をしても、諸田さんは心の底から笑ってらっしゃる。中途半端だと女性はひくと思うんですが……。ですから、ジェームスさんは本当に話がうまいんだなと思った。ジェームスさんは気になる女性がいると、「次にあなたとお目にかかるときには、きれいな下着をつけてきてくださいね」って言うと話しておられましたが、それが下品ではないんですね。

壇蜜　やっぱりモテる人って会ってみると、この人がモテるのはわかるなあって。どんな状況でも、どんなスタイルでも、どんなルックスでも、それは感じます。

本郷　そしてジェームスさんが「本郷君ね、歌手と俳優とどっちがモテると思う？」っていうんですよ。俳優さんはみんな美男揃いだから、俳優さんがモテるんじゃないんですかと答えたら、歌手のほうが言葉を色々と知っているから歌手のほうがモテるんだ、と。僕は前職が演歌歌手なんだよって。やたらモテたらしいです。話が逸れてしまいましたが、歴史を勉強するとどういうタイプの人がモテるのか、わかるような気がします。普遍的な要素というものでしょうか。たとえば、コミュニケーション能力は普遍の能力ですよね。

壇蜜　外見だけじゃない何かを探るには、歴史的に有名な人を探るというのもアリですね。

歴史上の人物との恋の妄想

本郷　壇蜜さんは、たとえば歴史的な人物で、今、目の前にいたら、私、惚れるかもしれないみたいな人っていますか。

壇蜜　うーん。

本郷　たとえば、織田信長、豊臣秀吉、徳川家康だったら、誰に魅力を感じます？

壇蜜　うーん。どうでしょう。３人に近い人でもよいならば、信長の家臣である弥助（やすけ）[*2]ですね。弥助がいなかったら、歴史は何も成り立たなかったかなって。弥助がちゃんと働かなかったら、信長がそんなにモチベーションを保って生きていけたと思えない。

本郷　渋いですね、弥助ですか！　弥助と信長は男色の関係だったと思いますか？

壇蜜　そうは思いません。弥助は信長に対して強い忠誠を誓っていましたし、信長のほうも蘭丸（らんまる）とはまた違う愛し方をしていたと思うんです。奴隷として日本にやってきて、ボロボロのところを宣教師が連れてきて、信長に拾ってもらって。今とは違って人種差別があって弥助はかなりつらい思いをしたでしょうけど、最終的にはいろんなことを教えてもらって、弥助にとって信長は日本のお父さんみたいな存在だったと思います。最後は首を任されて、謎のまま消えたとされていますよね。私的には弥助の「偶然出てきた感」みたいなのに、もし出会っていたら、惚れちゃうかもしれない。

本郷　太刀を持たせていたということは、信長が一番信頼していた家臣ということですよね。その刀で自分が切られてしまう場合もあるので。

壇蜜　だから蘭丸にはない違う形の愛を弥助の存在で知りました。

本郷　さらに何か国語かしゃべれて、すごい頭脳明晰だったという話ですよね。本能寺の変で信長が没した後、長崎の有馬家に黒人で大砲を得意とする人がいたらしくて、それが弥助なんじゃないかという話もあるんですよね。彼は生きていたというわけですけど、国に帰ったという話もあります。

壇蜜　亡くなったか帰ったかがわからないんですよね。想像をあれこれと巡らせることができる人物であるという点でも弥助はものすごく惹かれる人物なんです。でも、考えたことなかったです、歴史上の人と誰か恋に落ちるとしたら、とか尊敬する人は誰ですかみたいなのとか。

本郷　そうですか。でも今、歴史好きな女の子たちは、そういう妄想から歴史の世界に入るわけですよね。『刀剣乱舞(とうけんらんぶ)』[*3]などです。私には刀を擬人化するという発想がなかった。その前に、『艦隊これくしょん』[*4]とか軍艦を女の子にするというものがあったじゃないですか。

壇蜜　私はどっちも実は大好きです。あれから結構火がついて、『刀剣乱舞』が出来上がって、そこからソーシャルゲームみたいなのが出来上がって、真田さんてそんなにかっこよかったですか、武田さんってそんなにイケメンでした？　みたいな。

本郷　真田幸村こと信繁は白髪がいっぱいで歯も抜けちゃっているって自分で手紙に書いていますよ、というようなことは女の子たちにはなるべく言わないようにしています。

江戸の病、そして水銀信仰

本郷 話は変わりますが江戸時代の江戸は、女性の人口が少ないという超男性社会でした。地方から農家の次男、三男が江戸に行きさえすれば職がある、食える。でも江戸には女性が少ない。だから、奥さんをもらえる人というのが、限られてくるわけです。だから不倫がすごく流行って。当時はまだ不倫を取り締まる刑法がなかった。8代将軍吉宗のときに初めて今でいう判例集ができたくらいでした。よく10両盗めば首が飛ぶって言っているけど、あれも大体そういう慣習だよというだけで。

壇蜜 ムード、ということですね。

本郷 不倫をする人がやたらに多いので、「間男(まおとこ)7両2分」という言葉がありました。不倫が発覚した時は7両2分で大体示談にするというものです。7両ということは今のお金で75万円くらい。粋な間男は、予め示談金を準備していて、お前のところの母ちゃん好きだからって言って、先に示談金を旦那さんに渡しておいて、奥さんと一緒にどこかへ行っちゃうという話もあるくらいでした。

壇蜜 前払い、食券制みたいな感じですね。

本郷 東京の真っ只中の青山や赤坂付近の土を掘ると、江戸時代のころだろうと思われる骨が出てきます。あのあたりは寺町だったから、江戸時代の墓地にあたるんですよ。私の知り合いがその墓地の調査をしていたのですが、骨からはあるふたつの特徴がわかると言っていました。まず、子どもの骨がとても多いということです。昔は、５歳までは神のものってよく言うんですけど。

壇蜜　ああ、七五三のルーツですね。

本郷　はしか（麻疹）などの感染症が５歳まで怖いらしいんですよね。はしかに対する抵抗力が、５歳になるとなんとかできる。それまでに死んじゃう子がとても多かった。もうひとつわかったことが、梅毒に感染したと思われる骨が大変多いということでした。大体、梅毒の骨って黒ずむから、一目でわかるんですって。そうすると、本当に梅毒が蔓延していた状態がよくわかるって言ってました。

壇蜜　当時は治す方法がなかったですからね。

本郷　でも水銀飲んで治すという滅茶苦茶なことをやっていたわけで。

壇蜜　水銀はむしろ死んじゃいますよ。歴史について調べていると、水銀信仰は日本だけではなく、世界のあちこちでみられるようですね。遺体を保存するときもそうですし、お化粧で肌ののりがよくなるとかも水銀ですし。吸い込んだら体にいいとか。

本郷　中国の、王朝でいうと唐あたりの時代になるんですけど、皇帝がみんな水銀を飲んでパーになっちゃうんですよ。みんな仙人になりたいんですよね。まあ当然皇帝だから、この世のなかでトップ中のトップだから、そこから欲望をもつとすると、生死を超越する。そのためには水銀の力が必要になってくる。

壇蜜　不老不死ですね。そういう謎の水銀信仰は、根っこはどこにあるのでしょうか。水銀信仰とは違いますが、これをとりあえず飲んでおけば大丈夫、という迷信のようなものはみんな好きですよね。ですから、昔もとりあえず銀の玉飲ませておけばなんとかなるみたいなことがあったのでしょうね。

本郷　そうですね。これといった確証はないのにもかかわらず、とりあえず飲んでおけば安心、というのはいつの時代にもあるのかもしれませんね。中国では水銀を仙人になるために飲むかと思えば、ヨーロッパでは梅毒を治すために水銀を飲んでいる。

壇蜜　水銀を飲んで若返るみたいな噂まで。だから、中世の偉い人、ご婦人とか、その中毒で死んでいる人もいる。身分の高い人ほど水銀を手に入れようとするのって。

本郷　ただ怖いのはおしろい（白粉）でね。おしろいには水銀や鉛白が用いられていました。今の三重県あたりには古代に水銀を産出する土地もありました。

壇蜜　吉原では根強かったみたいですよ。

本郷　私の母親の兄弟は5人いたんですよ。だけどそのほかに3人兄弟がいたらしくて、その子たちは、私のお祖母ちゃん、つまり、彼らのお母さんの乳を飲むと黒い血を吐いて死んだっていう話があって。それを後で考えたら水銀の影響かなって。昔の女性だから、胸のあたりまでおしろいを塗るんですよね。

壇蜜　私は日本舞踊を18年ほど習っていました。発表会のたびに顔が腫れます。塗るときに、いいものかどうかは別として、ちゃんと綺麗に残るものを塗らなきゃいけないんで、2日はとれなくて、なんとなく色白のまま学校に行きました。ベビーオイルが唯一落とす方法なんですけど、それでもとれない。だからどれだけ強いものを使っていたのか。現代でそれなので、昔はかなりだったと思います。

本郷　水銀の歴史は長いんですよね。仏像の鍍金には多量の水銀が使用されていました。東大寺の盧舎那仏像もそうで、金色に輝く仏像を造るためには金を大量の水銀に溶かしてそれを塗布して火であぶって水銀を飛ばし、金鍍金をしていました。アマルガム法、ですね。あとは水銀朱というものも縄文時代からあった顔料で、神社の鳥居などの「朱塗り」に使用されていました。

壇蜜　貴重なものだったのですね。中国では死んだら水銀を飲ませて朱で固めるという。

本郷　結局、馬王堆のミイラ、あれなんかも水銀かなんかですよね。やっぱり腐敗を防ぐんですかね。

壇蜜　水銀は無理です。結局ホルマリンじゃないと。ホルマリンは当時なかったので、水分を除去するために、ミイラというのが、最善策だったんです。とにかく人間の体は7割が水分なんで。何とか水分をぬかないと……というのが水銀の力に頼るきっかけだったのかな。

あと、赤い色素で保存することで、湿気をとることを期待していたという説もあります。

鑑真、法然、空也……

壇蜜　冒頭でもお話ししましたが、歴史の成績は10段階評価で2をつけられるほど悪かったんですね。偉い人たちが何をしたということに興味を持つことができなかったんです。ただ弥助に関しては地位がそこまで高くない人だから好きなんです。弥助のように名をあまり残していないけれども実は活躍していたという人っていっぱいいる。偉人よりもそっちのほうをどうしても見ちゃうことが多くて。偉人アレルギーみたいなのがありますね。

本郷　歴史の教科書は権力者と権力者の戦いを中心に、いや、そればかりが載っていますね。しかし、人びとの暮らしというものから考えると、今日みたいな話になるよという、そういうまとめ方でいいんじゃないですかね。それこそやっぱり、最終的にそういう話が出てきたってことは、今の私たちが何を考えるべきか、ということにつながっていくわけだから。

壇蜜　たしかにそういう暮らしがあり、そんな人たちが生きていたという事実を学ぶことは本当に必要なことだと思います。

あ、最後に、いました。付き合いたい人、一人だけいた。

本郷　誰ですか。

壇蜜　鑑真和上。御目の滴をぬぐいたい。[*5]

本郷　唐招提寺にある芭蕉の句、ですね。

壇蜜　悪天候などで日本への渡航計画は何回も失敗して、失明までして。どうなってもいいから俺行くという。でもそんな聖なる仕事をしている人でも、涙を流すんだなとあの句で思って。胸がきゅんとしちゃったんですよね。

本郷　井上靖先生の長編小説『天平の甍』は、その鑑真たちが日本にやってくるまでの苦難を描いたものですが、井上先生ご自身が朗読されている録音が残っているんです。その中で井上先生が自分で一番心に残る箇所を読んでいるのがあって。どういう場面だったかというと、主人公の若い僧、普照と栄叡が鑑真に日本に来てくれということを言ってじゃあ行こうかと。でもひとりが亡くなり、ひとりが鑑真を連れてくる。ついに日本の土を踏んだ後に、若い僧が目を覚ましたら、鑑真が自分の名前を呼んでいるんですよ。起きたのか？　と。今、起きました。考えてみると、鑑真は目が見えないので、その若い僧が起きているのかどうかわからないから、ずーっと語りかけているわけでしょう。起きたかと。井上先生が朗読されている文章は鑑真さんの弟子に対する想いを書いている、と思ったら私はすごく胸が熱くなりましたね。

壇蜜　なんか優しい人っていうか。情熱がある、仏様や神様に仕えている人って、いろんな意味で体温低く人と接してないといけないない公平さみたいなのがあるじゃないですか。でも鑑真和上にはそれを感じません。

本郷　たしかに胸熱のストーリーですよね。ただ鑑真という方は、古くなりすぎちゃって、身近ではなくなっている。だから私は法然ですね。あと、日本一の天才は、道元だと思うんですけど。書いているものを読むとひじょうにロジカルなんですよ。法然の魅力って、あの時代であれだけいろいろなことにやさしい、要するに民にやさしいという。

壇蜜　法然さんって自由な人って感じがします。なんか思想がそこまでがちがちじゃない感じ。

本郷　まさにおっしゃる通り。解脱上人貞慶[6]という人に「あなたは阿弥陀が全てを解決してくれるって言っているけれど、あなたのなかで、では薬師如来はどういう位置づけなのか、釈迦如来の立場はどうなんだ」って聞かれたときに、法然は「いや私は弟子たちに釈迦も薬師も尊敬しなさいと教えています」と。無視しろとか馬鹿にするなんてあり得ないと言ったわけですよね。それってもしかして釈迦も薬師もどうでもいい、阿弥陀様にだけすがればいいんだと言ったら、日本で初めての一神教がそこで生まれたのになあと、ちょっとだけ残念な気もするんです。

壇蜜　たしかに、阿弥陀様のことばっかり考えていて、念仏に打ち込みすぎてしまい、阿弥陀様が口から出ちゃう人もいますからね。空也さんのように。

本郷　ド真面目ですごい勉強ができた友人がいたんですけど、六波羅蜜寺の空也上人像を見て何を思ったか、「食うや食わずの空也上人」ってつまらないギャグを言ったんです。何言ってんだと思いましたが、後になって、そうだな、痩せこけているよなって。

壇蜜　私は初めて見たとき、お誕生日のケーキを思い浮かべたのです。空也さんの口から出ている小さな阿弥陀仏様がケーキの上に立つ蠟燭に見えた。私もあれでお祝いされてみたい。そんなこと考えていたから歴史の成績が10段階で2だったと、理由がなんとなくわかる気がします。

［注］

＊1　平中：主人公の「平中」は、平安時代中期の歌人、平貞文（たいらのさだふみ［さだぶん］）を指す。

＊2　弥助：戦国時代の日本に渡来した黒人男性。宣教師の護衛、従者、または奴隷として戦国大名・織田信長に謁見。後に仕えた。生没年は不詳。

＊3　刀剣乱舞：2015年1月にDMMゲームズとニトロプラスが共同製作したブラウザゲーム。日本刀を男性に擬人化した「刀剣男士」を収集・強化し、日本の歴史上の合戦場に出没する敵を討伐していく刀剣育成シミュレーションゲーム。

＊4　艦隊これくしょん：艦隊育成シミュレーションゲーム。擬人化された実在した艦船「艦娘」を集め、自分だけの艦隊を作る。公式略称は「艦これ」。

＊5　御目の滴：若葉して 御目の雫 ぬぐはばや　　松尾芭蕉
周囲の樹々の瑞々しい若葉でもって、鑑真和上のお目の涙をそっと拭ってさしあげたい、という意。

＊6　解脱上人貞慶：平安末～鎌倉初期の法相宗の僧。興福寺に入り、笠置寺を経て海住山寺に住まった。戒律の復興に努めるとともに、寺々の復興や法相教学の確立に大きく寄与する。朝廷や幕府からの信頼も篤く、仏教の再生に尽力した。

SAMURAI

対談を終えて

歴史は今と未来を生きるためにある

「江戸時代に親孝行っていう職業がありましてね……」と対談開始直後に本郷先生は教えてくれた。若人が老体の人形やハリボテを背負い「親孝行でござい〜　親孝行でござい〜」と言いながら町中を練り歩く仕事だという。あまりにも気になったので後日調べてみたら、親孝行は「親孝行をしているぞと主張する姿に対して『感心感心。はい、めぐんであげよう』と通行人から小銭をもらう仕事」とあった。恐らく本気で感心しているわけではない。感心のあとに（笑）がついているのだろう。一見珍妙に見えても洒落た事、イキな事だと思えば小金を与える者が当時の江戸には多かったらしい。たしかに、よく考えられたビジネスかどうかは置いておいて、見たらクスリと笑いそうになるだろう。そんな感情を抱かせてくれてありがとう、の意味が小銭にはあるような気がした。時には本物の人間を背負い、コンビで親孝行をしているバージョンもあるのだとか。江戸っ子のセンスと余裕には恐れ入る。

親孝行以外にも江戸時代は「それでどうやってお金をもらうの?」と思わせるビジネスが多発していたようだ。人がいそうな民家をランダムに選び、クイズを書いた紙を投げ入れる。すると家主は問題を解きたくなって頭をひねる(紙を捨てる人もいたらしいが)。頃合いを見て、家の外からヒントや答えの手がかりになりそうな話を持ちかけ、答えを導くアシストをして小銭をもらう「考えもの」。年末になるとわざと忙しい店や工場などに駆け込んで、ど派手な衣装と太鼓や拍子木等の鳴り物をジャンジャカ鳴らし、「めでたいめでたい」と騒ぎ立てる。店子や職人はこれではは仕事にならないと「わかったから。これやるからさわがしくしないで帰って、ね」と食品や小銭、商品を渡してお帰りいただく「セキゾロ(節季候)」等々。セキゾロは獅子舞や猿回し等の新年に行われるお目出たいパフォーマンスを総称しているそうだ。受け入れる側にイキな気持ちがなかったら通報されてもおかしくないようなビジネスが目立つ。ちなみにインドにもセキゾロに似たような風習がある。勝手に民家や店に押しかけて「私たちは神の使いだから。祝福の舞を踊るからお布施をよこしなさい」とお布施を渡すまで帰らないビジネスらしい。渡さないと不幸になるというジンクスもあり、皆とりあえず渡すから……ちょっと安くして、のスタンスでお布施を渡す。この根負けを狙ったビジネスは歴史も長く今でも存在する。深く調べたら世界中にありそうだ。

学生時代、歴史の成績がかなり悪かった。試験は暗記しないと解けない問題ばかり。年号や偉人の所業等を頭に入れるのが大の苦手で、起きたことにロマンも感じなければ思いを馳せるような気持ちにもなれなかった。授業内容に興味が持てないと早く歴史の授業を受けなくてもいいようになりたいと放棄モードに入るため、ますます成績は悪化し、のスパイラルを抱えたまま卒業し社会人となった。ところがどうだろう、勉強しておくべき時間に投げ出していたあの歴史が、今となっては面白く感じて動画サイトを見たり本を読んだりしている。江戸時代に存在したマニアックな職業をはじめ、「花魁の歴史が知りたい」「陰間茶屋ってなに?」「島流しのシステムはどんなもの?」「平安貴族の暮らしぶりが気になる」と興味を持つ内容は限定的だが、歴史を学ぶ意欲がわいている。時既に遅しと思うのだが、今は投げ出さず向き合える環境があることと、自分にその感情が芽生えた状況を大切にしたいものだ。上記のトピックをしっかり調べるだけでも、今後どう生きるべきかの取っ掛かりが見つかるかも知れない。歴史は、今や未来を生きるための土台として必要だと今更ながら認識した。無知は損だ。昔からいわくつきの場所であったのを知らずうっかり家を建て、「霊障があって住めない!」となるのは歴史を学ばなかったからだろうし。

対談後、本郷先生は今歴史をどう扱うべきかについても教えてくれた。歴史を辿りすぎて、国や人種、宗教などに偏った敵対心や猜疑心が生まれてしまう場合もあるという。教えないことも今後の教育に必要なのかも知れない、と。しかし完全に教えないことはできない。向き合える環境を整えた上での慎重な教育がのぞまれるのだろう。

壇蜜

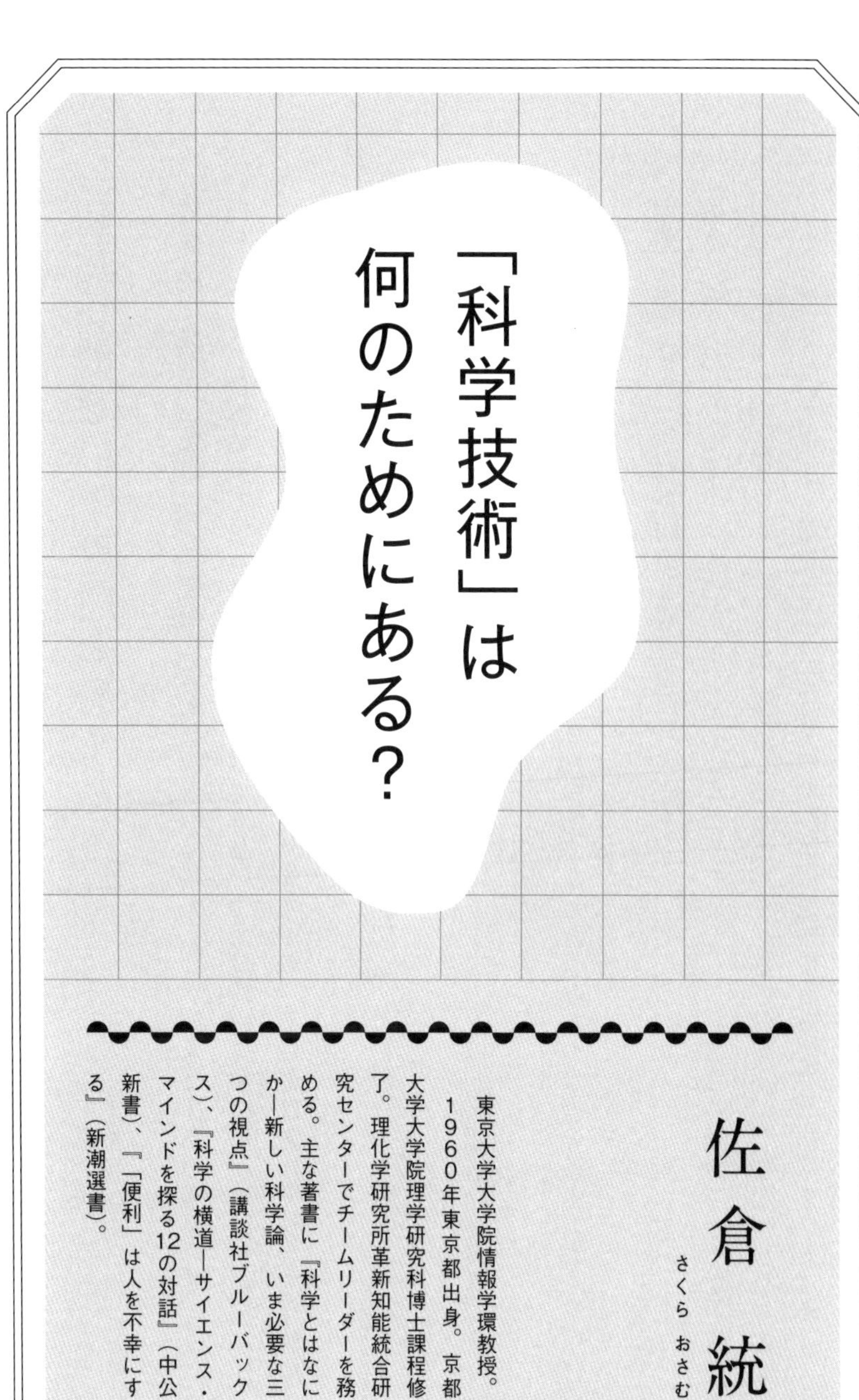

「科学技術」は
何のためにある？
佐倉統
さくら おさむ
東京大学大学院情報学環教授。1960年東京都出身。京都大学大学院理学研究科博士課程修了。理化学研究所革新知能統合研究センターでチームリーダーを務める。主な著書に『科学とはなにか—新しい科学論、いま必要な三つの視点』（講談社ブルーバックス）、『科学の横道—サイエンス・マインドを探る12の対話』（中公新書）、『「便利」は人を不幸にする』（新潮選書）。

朝寝坊のせいで専門を変えた

佐倉 統（以下、佐倉）　科学技術社会論というのは、広く科学技術と社会の関係を考える学問分野です。最近の例でいうと、ＡＩやロボットといった最新の科学技術が政治や経済、社会と文化にどんな影響を与えるか、よく話題になりますよね。それとは逆に、社会的な価値が科学技術にどう影響するのかについても考えています。

でも僕は実はもともと動物行動学を研究していて、西アフリカのギニアでチンパンジーの生態調査を行ったりして博士論文を書いたんです。

壇蜜　先生の著書『科学とはなにか』にも書かれていますが、そのとき感じた違和感が今のキャリアにつながったのですね。

佐倉　専門を変えることになった理由はふたつありました。ひとつは軽い理由でよく学生にも話すのですが、僕は夜型なんです。

壇蜜　あ、私も。それを聞くと親近感がわきます。

佐倉　チンパンジーはいつも決まった巣にいるわけではなく、あちこち動いています。前日寝ていた場所に朝寝坊をして行くと、移動してしまっていることも多い。２度にわたりアフリカへ渡り、約１年半も滞在し、マラリアにもかかったりしたのに、チンパンジーに置いてけぼりをくらいデータが一向にとれず……。

壇蜜 それは悲しい、病気にかかってもデータがとれないなんて。でもチンパンジーに会えなければ、論文も書けない。

佐倉 だから僕の博士論文は半分が「理論編」で、現地のデータに基づく「実践編」は半分だけというオチがつきました。

壇蜜 それでも書けたところが、すごい。しかし、夜に起きていることが罪だって風潮はやめていただきたいですよ。「躾が悪かった」「怠け癖がある」とかレッテルをはられがちで。

佐倉 まったくです。でも最近の研究では、遺伝的に決まっているという話もありますね。

壇蜜 夜型の遺伝子があるということですか?

佐倉 そういうタイプの人はいくら訓練しても、むしろ効率が下がるらしい。イギリスの研究者だったと思いますが、学校や会社の始業時間も遅らせたほうがいいと主張していました。

壇蜜 それは、私たちも声を上げていかなければいけませんね。ぜひ、夜型人間ピラミッドの頂点ともいうべきオードリー・タンに言ってもらいましょう。あ、脱線してしまいました。

科学でサルの気持ちがわかる?

佐倉 専門を変えた話でしたね。もうひとつ少し真面目な理由もありました。僕は大学院生になるまで、科学というのはどこでも同じように普遍的に成り立つものと思っていました。ニュートンの法則でもそうですけど、日本でもアフリカでも、リンゴは下に落ちます。

壇蜜　でも、そうではないことがある？

佐倉　日本とアメリカの研究者をくらべると、サルに対する見方が全然違うんです。たとえば日本のサル研究者がアフリカへいくと、しばしば出会ったチンパンジーに名前をつけます。オサムくんとか、ダンさんとか……。そして、チンパンジーの行動を詳細に観察して「オサムくんとダンさんは仲がいい」などと文章で記述することが多い。

壇蜜　ドラマの登場人物を描いた相関図のようなイメージですね。

佐倉　アメリカの研究者にとって、それは科学的じゃない。まず、このチンパンジーがオサムとダンだと言っているけど、どう証明するんだ？　と言われる。だから彼らはチンパンジーを捕まえ、たとえば番号の入墨をするんです。「仲がいい」も、たとえば1番と2番が2メートル以内の距離にいた時間は何分間とか、毛繕いを1日何回やっていたかなど客観的なデータを並べようとするんです。

壇蜜　ぜんぶ数字にしてしまうわけですね。でもチンパンジーのことをよく見ていて、より理解が深いのはオサムくんとダンさん方式のような気もしますが……。

佐倉　そうなんです。でも、それでは『シートン動物記』じゃないかという話になります。ただの物語で、科学じゃない。チンパンジーの群れにも、たくさんの個体がいますから、どの個体を選ぶか、それとも群れ全体を見るべきなのかという問題もあります。僕が大学院に入った1985年ころ、アメリカやイギリスを中心に、バイアスのかからないデータの取り方とは？　といった方法論にまつわる議論が盛んに行われました。

ところが日本では、そういう議論がほとんどない。あるとき指導教官の先生から、こんな質問をされました。「佐倉くんは、そろそろサルの気持ちがわかるようになったか？」

壇蜜　どう答えたんですか？

佐倉　「どうやったらわかるようになるんですか」と逆に質問しました。すると、「サルのすることを、見たまますべて書きとめるんや」と禅問答めいたことを言われてしまいました。

壇蜜　欧米には観察や実験のツールがたくさんあり、あれこれ議論しているけど、日本はどちらかというと「見て学べ」。職人気質っぽいですね。

佐倉　そうです。科学はどこでも同じ、普遍的と思っていたのに、国や文化で違うんだと気づいた。そして、サルを見るよりサル学者を見たほうが面白いかもと思い至りました。当時は京大の霊長類研究所にいて、まわりはみんなサル学者。それなら、朝も早起きする必要はないし、わざわざアフリカまで行く必要もない。

壇蜜　すごいですね。ティッシュ配りの監視役のバイトみたいですね。

佐倉　なんですか、それは（笑）。

壇蜜　ちゃんとバイトがティッシュを配っているか、それを見ているバイトもいるんですよ。なんか、それを思い出してしまいました。

ぎりぎりのところを攻める

壇蜜　チンパンジーは、サルのなかでも人間に近いほうですよね。私はもっと遠いほう、リスザルやマーモットとか、新世界ザルの仲間が好きなんです。あと、より原始的なサルといわれているスローロリスなど原猿類も好きです。

佐倉　そういえば壇蜜さん、すごくいろいろな動物を飼っていらっしゃいますよね。ヘビとか熱帯魚とか……。

壇蜜　スローロリスを飼っても大丈夫だったころ[*1]の話ですが、どうやったら飼えるか、生態についてもいろいろ調べたことがあります。

佐倉　マニアックですね。どの辺に魅力を感じられるのですか?

壇蜜　名前の通り動きはスローだけど大食漢だったり、あんなに弱いのに奥歯に猛毒があったりとか、そういう相反する感じもなんか可愛いなあと思って。スローロリスは人が飼えるか飼えないかの、ぎりぎりのラインに見えました。

私は今キンカジュー（アライグマ科キンカジュー属に分類される食肉類）を飼っているのですが、これもぎりぎりです。似たような姿のビントロング（ジャコウネコ科ビントロング属に分類される食肉類）までいっちゃうと、もう不可能というか、力が強いので扱いはデスマッチ。スローロリスのようなぎりぎり具合を人がなんとかしようとする。そこに、すごく興味があるんです。なんか、すごくエゴっぽいですけど。

佐倉　でも、そのぎりぎりを攻めるというところ、すごく面白いですね。

壇蜜　科学の話でも興味があるのは、そういう部分ですね。世界初のアンドロイド・アナウンサー「コドモロイド」がセント・フォースに所属するとかで話題になったとき、アンドロイド研究の第一人者である石黒浩さんとお会いしました。そのときはやっぱり、「不気味の谷」の話に夢中でした。「不気味の谷」のぎりぎりを攻めたり、「飼える」と「飼えない」のぎりぎりを攻めるみたいなことが、人間臭くて好きです。

佐倉　科学技術においても、それってある種の神髄じゃないですか。誰もができることをやっても、新しい発見や発明にはならない。だから一流の科学者とトンデモ科学者って、紙一重なところがある。若いとき天才的なことをやっていた人が、歳をとってあっちの世界に行っちゃうことも、よくありますし。

壇蜜　「不気味の谷」については、かなり個人差がありますよね。私はすごく感じにくいほうだと思う。他の人が不気味だと感じるものを、不気味と感じないんです。耳のないとうるっとしたアンドロイドとか、結構可愛いと思っちゃったり。

科学も宗教も、いつも絶対に真実じゃない

壇蜜　すみません、また脱線してしまいました……。

佐倉　いえいえ。そんなこんなで僕は科学技術と社会の関係とか、科学理論と文化の関係に興味をもつようになりました。動物行動学が国によってどう違うの？　から出発し、背景にある理論、たとえば進化論がどう違うかとかにも、目を向けるようになった。

壇蜜　進化論も国によって違うのですか？

佐倉　はい。現在の進化論はイギリスでチャールズ・ダーウィンが唱えたのがはじまりですが、ヨーロッパでもフランスとドイツ、あるいはアメリカやロシア・ソ連に広がっていく過程でどう解釈され、変貌したか。あるいは日本では、どうだったか。調べてみると、全然違うんですよ。

壇蜜　私はダーウィンにも興味がありますが、人魚についての希書を遺したアルフレッド・ラッセル・ウォレスに興味があったりします……。

佐倉　それはまた渋いですね。ナチュラリストとしては、ウォレスのほうがすごいと言っている人が多い。進化論についても、ウォレスのほうが先だという議論がくすぶっていますが。

壇蜜　私は個人的に、ダーウィンの後出しジャンケンじゃないかとちょっとだけ思っていますけど……。

佐倉　ダーウィンのノートを丹念に研究した結果があるんですが、それによると残念ながら、今ではダーウィンの方がウォレスより10年以上前に着想していたのは明らかということになっています。進化論の国ごとの違いですが、たとえば日本に進化論を広めたのは、熱烈なダーウィン主義であったエドワード・モースというお雇い外国人教授でした。日本人は「キリスト教に反する教え」にあまり抵抗がなかったので、するっと進化論が入った。モースはすごく感動して、ダーウィンに手紙を書いたりしているんです。でもアメリカやヨーロッパでは教会からの反論が根強いから、それによって進化論が鍛えられた側面もあります。日本は批判もないので、進化論における大きな動きが出てこなかったのかもしれない。批判にさらされることは大事、とモース自身も言っているんです。

壇蜜　アメリカは、今もキリスト教の力がすごく強いですよね。

佐倉　はい。神が生き物をつくったという創造論を信奉し、天動説や地球平面説を信じる人がむしろ増えているようですね。

壇蜜　信じたくない気持ちも、少しわかります。進化論を説明する図があるじゃないですか。サルがだんだん二足歩行になり、大きくなって最後は背広を着た男性になっている図。あれ、何なんですかね？

佐倉　ははは。いわゆるイメージですよね。実際は異なります、という。

壇蜜　昔、それを見たときに、え、みんな最後はサラリーマンになるの？　て思いました。

でも進化論にも大きな影響を与えるくらい、宗教の力は強いということですよね。日本は無神論者が多いといいますけど、これから「科学技術教」みたいなことを言い出す人たちが出てくることってあるんでしょうか？

佐倉 どうなんでしょう。科学技術であろうと宗教であろうと、別に悪いことばかりじゃないと思うんですよね。

壇蜜 そうですよね。迷ったとき、心の平穏を取り戻してくれたり。

佐倉 家族や社会の絆をもたらしたり、よい面もある。でも狂信的に、絶対に正しいみたいになってしまうと、科学技術でも同じ弊害があります。だから科学技術が一番の真実だとしても、「いつでもどこでも、科学的なことが全て」ではないと思っているんです。

壇蜜 それは、よくわかります。

佐倉 映画『スター・ウォーズ』の戦闘シーンで「ドーン」と音がするじゃないですか。科学的に見れば、宇宙空間に爆発音はない。でも演出としてはあれが正しいし、なかったらつまらない。

壇蜜 エイリアンが忍び寄ってきているのに、シガニー・ウィーバーが気づかないわけがない。あんな臭そうなものを、感じないわけがない。絶対、下水みたいな臭いがすると私は信じていまして。

佐倉 ははは、同じですね。専門家ではない普通の人に科学的なトピックを伝えることを

「サイエンスコミュニケーション」といいます。なかには科学的にちょっと緩めた使い方をするとか、少し正確さを落として伝えるという学者もいるんですけど、僕は違うと思っています。そういうやり方をしたら、むしろ伝わらない。相手は何を求めているのか、その場に応じた正しさがあるのだから、それに合わせた正しさを使うべきだといつも言っているんです。

壇蜜　クオリティを下げてレベルを合わせるとか、認知してもらうためにちょっと甘くするんじゃないんですね。

科学技術が発達すると幸せになる？

壇蜜　『「便利」は人を不幸にする』という本も執筆されていますが、科学技術の発展と幸福の関係についても、お考えを聞かせてください。そもそも科学技術は、人間を幸せにするのでしょうか？　これから科学技術がますます進んでいくなか、人間はどうなっていくのでしょう？

佐倉　そのタイトルは編集者の提案によるもので、「不幸にする」は言いすぎです。科学技術の進歩で私たちの生活がものすごくよくなったのは、明らかだと思うんです。ただ、それを実感できないのはすごく問題です。

年齢とともにどのくらいの割合で人が死んでいるかを表したグラフがあるのですが、明治時代半ばを見ると、線が生存率90％のところからはじまっています。つまり、生まれた時点で10人に1人は亡くなっているということです。明治時代の生存率の線はどんどん右に下がる。一方、時代が進むごとに線の下がり方が緩やかになっていて、70歳くらいのところで右に下がっていく。

壇蜜　七五三に実感がこもっていて、大切なお祝いだった時代ですね。45歳、50歳くらいで半分に減っていますね。今でいう働き盛りが、軒並み亡くなっている……。

佐倉　今、そうでなくなったのは抗生物質もでき、上下水道とか公衆衛生がすごくよくなったのが大きい。栄養状態も医療もよくなった。赤ちゃんが10人に1人死ぬ時代より、今のほうが圧倒的にいい。七五三だって、おっしゃるように今はいい意味で形式化していますよね。でも、一度今のような状態になってしまうと、それが当たり前、薬で風邪が治っても、「わあ、ものすごくハッピー」とは思わないですよね。

壇蜜　ちょっと前に、今は癌になっても簡単には死なせてもらえない、なんていう話を聞きました。

佐倉　そもそも、これだけ死因に癌が増えてきたのは、癌以外の病気で死ななくなったから。癌が増えたというより、癌になるまで生きているから、癌でしか死ななくなっている。その癌ですら死ななくなっているとすると……。

壇蜜　それが果たして幸福なのか、ということですよね。

佐倉　そこなんです。私たちが食べているご飯だって、時代が違えばルイ14世の食べていたような贅沢なもの。かつては庶民の口に入らなかったものを普通に食べている。だからといって、コンビニの安い弁当を食べてもルイ14世的で幸せとは思いません。

隣の人は何を食べているとか、ふだんとちょっと違う自然食品を食べているとか、そういう「僅かな差」にすごく反応する。人間の心理にはそういう傾向があり、絶対値が上がっても幸せにはなれないんです。それに私たちは自分の状況を不幸と思うようにできていて、たとえば高速道路が渋滞しているときに隣のレーンのほうが速く感じませんか？

壇蜜　ああ、なぜかすーっと進んでいきますね。

佐倉　車線変更すると、こんどは元のレーンが速く感じる。あれも人間のもつ認知的なバイアスらしいです。自分のほうが、どうしても不利と感じる。生き物としては、常にネガティブに考えているくらいのほうがちょうどいいのかもしれません。苦痛を軽減し、仲間を危険から守るためにも、向こうのほうがいいぞ！　と行動するのは必ずしも悪くない。でも今のように満たされた状況でそれをやると、小さな不満に対して過敏に反応してしまいます。

壇蜜　今の時代って「必死に生きる甲斐」がなくなっているのかも。先ほどのグラフで見た、45とか50で半数が亡くなってしまう戦前の人生って、ものすごく凝縮して生きていたと思うんです。うちの祖父も40で亡くなりました、突然死を自分で予知していたわけではないと思いますが、結婚も2回して4人の子どもを授かり、めっちゃ子煩悩で、すごくまじめに、でも、自由に、一生懸命に生きていたという感じがします。

佐倉 いつ死ぬかわからないと、その分だけ今の時間を大切にしますよね。

壇蜜 今は、ちょっとやそっとじゃ死なないだろうという安心感が根づいちゃっていますよね。

佐倉 つい、のんべんだらりとしちゃって……。

壇蜜 それで夜型が責められる。別に、のんべんだらりとしてないよと言いたい（笑）。テレビを消してしっかり原稿書いていています。でも、本当に不思議。人生100年とか言われてみんな喜ぶかと思ったら、そうでもない。「じゃあ、何をして生きればいいんだよ」みたいな雰囲気ですね。

佐倉 人間はもともと、「人生50年」に合った心理傾向をもっているのでしょうね。

壇蜜 前倒し、前倒しでいこうという。時代に追いついていないですね。

佐倉 これから追いつくことがあるのか、わからないですけど。

壇蜜 大きな戦争が起きるとか、意識を変えるような出来事がなかったら、変わらないと思います。それか、宇宙人が攻めてくるとか。

佐倉 『インデペンデンス・デイ』みたいなね。でも今回のコロナの流行などは、ちょっとそういう面があったかもしれませんね。

壇蜜　はい。たしかにコロナの経験を通して、多くの人が「病気にかからず長生きしたいな」と平穏を願える世界を垣間見たかもしれません。

進歩の恩恵を実感できないのはなぜ？

壇蜜　昔の人たちが想像して描いた「100年後の世界」を見て、その世界に今の私たちは追いついてない、と感じたことがあります。私たちが待っていた未来はこんなもんじゃない、「もっと来い、未来！」と言いたくなりました。

佐倉　たしかに実現してしまった科学技術は、当たり前と感じられがちです。スマホやインターネットも30年、40年前はほとんど誰も想像すらしなかったものですが、今は普通でしょう。古い「未来予想図」やSFを見ると、テレパシーはあっても、インターネットを予見しているものは見当たらない。飛行機が発達して月まで普通に行けるとか、車が空を飛ぶとか、すでにあるものの延長で未来を想像していたんです。誰も見たことのないインターネットが当たり前になった今、これが未来と言われても拍子抜けするところはありますね。

壇蜜　2000年になる直前に『serial experiments lain（シリアルエクスペリメンツレイン）』というアニメがあって、それはコンピュータネットワーク・ワイヤードというインターネットみたいなものに人びとが夢中になり、人間性をどんどん失ってしまうという話なんです。実は今回、先生とお会いする前にこれを見直したんですが、SNSやVRも、今の状況を予見するような形で描かれていました。

佐倉　そんな作品があったんですか。こんど見てみます。

壇蜜　鬱アニメとしてすごく有名で、見ているとお腹の下のあたりがズーンと重く、痛くなるような感じなんです……元気なときはやめておいたほうが、いいかもしれません。

佐倉　なんだか、気になりますね（笑）。壇蜜さんが科学技術の進歩を感じるとしたら、どんなときでしょう？

壇蜜　ときどき、認知症に効く成分が見つかりました、みたいな報道があるじゃないですか。それが本当に私たちの手の届く値段の薬としてドラッグストアで手に入るようになったら、すごいなと思えるでしょうね。

佐倉「実感できる」が大切だと思うんです。でも科学技術がどんどん進むと、そこから離れてしまい、たとえばインターネットでもすごいことが起きているらしいんだけど、もはや何が起こっているのか理解が追いつかなくなってしまう。

壇蜜　そうなんです。すごいというニュースは聞くんですけど、相変わらず私たちは、おにぎりはフィルムをはがして食べていますよね。

佐倉　今日も海苔が破れてしまった、みたいな。

壇蜜　特に巻物はむずかしい。そういうとき、あれ、この今感じているギャップは何だろう？　と思うんです。

美男美女は想像つくけど、逆はむずかしい

佐倉　ＡＩが普及して、インターネット上に無料で絵を描いてくれるサービスがあったり、課題を与えると文章を書いてくれたりとか。あのレベルで誰でも使える技術だとバズったりします。

壇蜜　ＡＩとか、今は困ってないことで「さらに便利になったよ」という技術ですよね。そういうプレゼントよりも、自分がマイナスに感じていること、困っている部分を助けられるとありがたみを感じます。体や心が痛いとか不自由だとか。人間は贅沢だから。

佐倉　大事なポイントですね。何に困っているかは人によって違うので、どんな科学技術の発展を望むかに関しても、人それぞれです。最近、専門家だけが研究開発に携わるのではなく、一般の人の意見も聞きながら参与型、参加型でやりましょうという話が普通になってきています。すごくいいことですけど、意見は聞けば聞くほどバラバラ、個別の話になっていく傾向があります。

壇蜜　幸せとか便利って想像がつくけど、不幸とか不便って人によってすごく違うから。美男美女は想像つくけど、その逆はなかなか想像がつかないのと同じ？

佐倉　なるほど、喩えがすごく素敵でわかりやすいですね。

壇蜜　そこが、たぶん困っているのとリンクしているから、解決しづらいし、感じにくい。

佐倉　科学技術が国や文化によって違うという話をしましたが、そうはいっても科学技術が明らかにするのは「普遍的な真実」ですよね。それは全体の話であって、ときには統計の世界に近くなる。ワクチンが効きますというのも、1万人のうち効果のある人がこんなに多かったという話であって、打った人が必ず幸せを感じるというようなものではない。

壇蜜　そこから、はみ出ちゃった部分が、むしろ大きく感じられやすいですよね。

佐倉　そういう人にとっては、全然よくないじゃないかという話にもなります。科学技術って、便利になってその恩恵をすべての人が受けられるわけではない。科学技術が進むことによって格差が大きくなったり、放っておかれたり、排除されてしまう人が出てくることもあります。

壇蜜　その境遇を嘆く人や声を上げる人がいて、それを救おうとする人もいたら、もっと幸せなんですけどね。

佐倉　最近、そういう問題に取り組む人が増えていると感じています。たとえば吉藤オリィさんという方が開発している分身ロボットの「OriHime」は、一種のアバターの役割を果たして遠隔操作できる。

壇蜜　ああ、窓口にいて受付をしてくれたりするやつ……。

佐倉　障がい者の方と一緒につくっているので、本当に不便を感じている人にとって役に立つものをつくることができる。
　遠藤謙さんという、最新の科学技術を使って義足開発に取り組んでいる方も似たような考えをもっています。義足にかぎりませんが、開発者は可能な機能をやたらと盛り込みがちなんです。使う側にしてみれば、ウルトラハイスペックな義足はいらないから、私のニーズを満たすものを安い値段でつくってくださいと思う。そういうギャップを埋めるための仕組みも考えられたりしている方です。
壇蜜　やっぱり、そうなんですね。あれもこれも、みたいになりすぎると、「もういいよ」と言いたくなりますよね。
佐倉　スマホとかも、そうなりがちですよね。
壇蜜　怖くて押せないボタンがたくさんありますよ。人間様が全盛りで嬉しいのは、ラーメンだけかも。

「乗り遅れ組」はどう生きるべき？

壇蜜　私、ＰａｙＰａｙには幸せを感じられません。相性でしょうか？
佐倉　便利さは感じますけどね。問題は、それが嫌という人を見捨ててしまわないようにしないといけない、仕組みづくりとしてね。

壇蜜　乗り遅れた人たちの受け皿が、もうちょっとあるといいなと思います。

佐倉　「乗り遅れ組」の互助会みたいなのがあるといいですね。

壇蜜　やっぱり回覧板ですよ。

佐倉　科学技術は、大きいところでは国家権力から、小さいところでは隣の席にいる職場の上司まで、基本的に力をもっている人が使うもので、もともと非対称なんです。だから、オリィさんや遠藤さんのように、うまく人が介在し、取り残されてしまう人にも使えるような科学技術をつくっていくことが大切です。国や上司に任せておいても、そうはならないですよね。

壇蜜　言い続けていくのも、ひとつの手だと思う。携帯電話をもっていないとか、LINEやらないとか、ぴしゃりとじゃなく。たとえば分厚い付箋を渡して「なんかあったら、これに書いてお願いします！」という感じに。

佐倉　だいぶ前ですけど、大学のシラバス（講義・授業の計画）や成績管理のシステム化を担当しました。遅れていた文学部に電子化を頼みにいったら、「シラバスを毛筆で書く先生がいるんです」と事務の方から言われて（笑）。

壇蜜　それは、残さなきゃ！　デジタル化してはいけないやつです。

佐倉　結局その先生が定年退官されて、ようやくデジタル化しました。「私は付箋でやってます」ということですよね。

壇蜜　「遅れていて何が悪い」と開き直るんじゃなく、「大変申し訳ないんですが、私はこれなんです」という。ちょっと待って力、みたいなのが大事な気がします。

佐倉　ちょっと待って力っていい言葉だなあ。

壇蜜　それを発揮するなら、己に矛盾があるところは見せられないので、普段から粛々と気を引き締めて生きなきゃですけど。そしていつか、ついに付箋も百均で売らなくなっちゃったら、助けてくださいとヘルプを出して救ってもらう。そうやって時間をかけて幸せを感じたり、不便さに気づいたりするのも豊かだなと思います。

チョークがないと困る数学者

佐倉　時間をかけるって、すごく大切です。ウィキペディアが話題になったころ、図書館で調べるのも、ウィキペディアで調べるのと同じという話があったんです。情報の信頼性はさておくとして、たしかにネットで30秒もかからずにわかっちゃう情報も、わざわざ図書館まで行き時間をかけて読み、えられた情報も中身は同じかもしれない。でも行為としては全然違うわけじゃないですか。ネットでさっと調べたことは、レポートを書き終わったら忘れちゃいそうだし。

壇蜜　図書館に行くため地下鉄に乗ったとか、自動改札を通ったとき後ろの人がひっかかってピンポーンと鳴っていたとか、思い出が残りますよね。

佐倉　ノートに書き写すと覚えるみたいなことは、やっぱりある。紙の本もなくなりそうで、なくならないでしょう？　どこの国の学生さんでも、やっぱりちゃんと読むときは紙の本じゃないとだめ、と異口同音に言う。紙のほうが頭にのこるという実験結果もありますよね。

壇蜜　紙の手触りとか、匂いとかも大事ですよね。

佐倉　あの辺に書いてあったよな、という身体感覚みたいなものもある。知り合いの数学の先生が言っていたんですけど、世界中の数学者が、今も黒板にチョークで書くんですって。ホワイトボードにペンとかじゃだめ。黒板にチョークで書くあの感触が、数学的なアイディアに結びついているというんです。しかも、チョークは日本の羽衣文具というメーカーがつくった羽衣チョークを使う。この会社、２０１５年に自主廃業しちゃったんです。それを聞いて、世界中の数学者が買い占めたらしいです。

壇蜜　あ、ホタテ貝殻配合のやつですか？　そのチョークがなくなったら困るという話ですね。

佐倉　韓国のメーカーに技術移転して、今もつくられているみたいですが。[*2]

壇蜜　よかった。でも羽衣チョークすごいなあ。

佐倉　羽衣チョークじゃないと数学の研究ができない、というのは話半分に聞く必要がありますが、そんなふうに身体感覚と知識とか記憶は結びついているので、情報だけあればオッケーというものじゃない。

便利がやましいと感じながら使うプレイ

壇蜜　だいぶ前に留守番電話の機能が一般化したころ、録音メッセージを聞くのが怖くなってしまったことがあります。母からの伝言でも何でも、残されたメッセージを聞くという機能に恐怖を感じたんです。

佐倉　そういう恐怖を感じている人がいるとは想像できませんでした。

壇蜜　いろんなパターンを想像しすぎた弊害だとは思うんですが……。ともかく、置き手紙のほうが安心だなと思いました。当時は郵便受けのなかに、宅配便の運転手さんが付箋にメモを入れておいてくれたこともあったんです。

佐倉　身の丈に合ったやり取りの仕方というのは、ありますよね。今のように年がら年中、スマホでつながっているというのも少し過剰です。

壇蜜　回覧板とか、付箋にメモみたいなものが遠くなっちゃったのは、私にとって辛い部分があります。過敏なだけですけど、これも困っているところは人それぞれ違うということの一種だと思います。
　逆に便利さですごく恩恵を受けていると感じるのが、冷凍のタマネギのみじん切り。本当に便利なんです。あとは冷凍の揚げナス。これを買って、手を抜いているということは百も承知だ。人としてどうなんだ？　と思いながらも、便利さでこれに勝るものはないという幸せを感じています。

佐倉　なぜ、手を抜いていることに罪悪感を感じたり、人によっては非難したりするんでしょう。かつて東芝が電気炊飯器を出したときも、日本の主婦たるもの、早起きして米をといでやるのが当然、手を抜くなみたいなことが言われました。別に冷凍のみじん切りを使おうが、揚げナスを使おうが、やましいことはない。

壇蜜　はい。でも、やましいことを感じながら使っているというプレイです。それで有り難みを逆に感じているんだと思うんです。

佐倉　なるほど、そういうことですか。科学技術が当たり前になると便利さを感じないという話をしましたけど、だからスマホを使うたびに「ありがとう、ありがとう」と言う（笑）。

壇蜜　エアコンつけるたびに、「江戸時代の人はなかったよねー」みたいな話をするとか。そういうプレイをしながら暮らせば、人生１００年うっかり生きちゃったとしても意外と幸せかも、とうちの旦那が申しておりました。

佐倉　アフリカも電気やガス、水道がなくて最初は驚きましたが、そのうち慣れちゃって、逆に帰国すると夜中も明かりがついているし、ひねれば水が出てくるし、びっくりする。でも一番、驚いて感謝したのは空港からバスに乗って、こんなにも道が平らってことでした。
ですから、ときどき人工的に科学技術のない環境をつくり、体験するというのはアリかもしれないですね。昔はよかった、という人が結構いるんですけど、あれはやっぱり何か大事なことを見落としているような気がする。

壇蜜　私たち、本当に幸せを感じるのが、むずかしくなっていますよね。

佐倉　今の若い人とか、幸せを感じるために工夫をしよう、みたいなことを結構やってませんか？　たとえばネット断ちとか、断食キャンプとか、僻地へ旅行してみるとか。

壇蜜　あえて不便さを感じてみる、ということでですね。効果はありそうですか？

佐倉　それなりにあると思います。だから、失われていくものもたくさんあるけど、残るところもたくさんあったり。行きすぎたけど戻ってくるものも、それなりにあるんじゃないかなと楽観視はしているんです。

壇蜜　人間のキャパはかぎられていると思うので、便利すぎたら絶対に意識できなくなっちゃう。だから人が便利だなあ……と認識できるくらいの便利さでとどめておくのがいいと思います。人は無限に幸せを感じることはできない。

佐倉　それは、先ほどの人生１００年の話にもつながりますね。

壇蜜　私の本を読んで「壇さんのＳＭに対する考え方、好きです！」なんてことを言う若い子がいるんですが、私は「まだ早いと思う。ＳＭは50過ぎたくらいからやらないと、やることなくなっちゃうよ」って言っています。

佐倉　人生観も社会の仕組みも、寿命60年くらいを前提にしていて、そのまんまですよね。そこを組み立て直すのが、これからの課題ですね。

壇蜜　今日は、これからも科学技術はどんどん進んで、もっと幸せになるという話になったら、どうしようかと思っていました。ほどほどの幸せを大切にする科学技術もあるのかもしれないと思えて、安心しました。

［注］

＊1　スローロリスを飼っても大丈夫だったころ：２００７年６月に開催されたワシントン条約第14回締約国会議における附属書改正を受け、「絶滅のおそれのある野生動植物の種の保存に関する法律」の施行令が改正された。現在、スローロリス属の全種が国内流通規制の対象。

＊2　ホタテ貝殻配合のチョークは、国内では神奈川県川崎市の理科学工業でも生産されている。

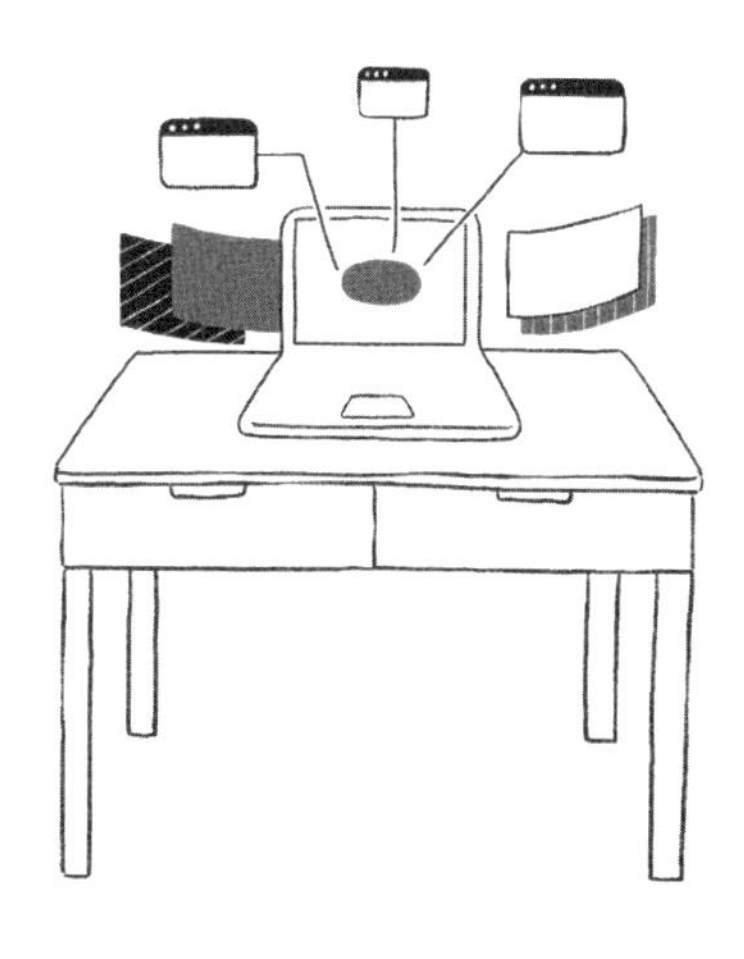

昔の部分も残して暮らそう

佐倉先生の著書にも登場する「未来からやってきた不思議な道具を所持するブルーの猫型ロボット」がメガネ少年と織りなすエピソードの中に、「ありがたみわかり機」という不思議道具が出てくる回がある。メガネ少年の偏食&食べ残しが多いのを彼の母親が案じお説教する場面から始まる。母親は食べたくても食べられない貧しい時代を経験したことや、今でも飢えに苦しむ人がいる話をするが、少年はまったくピンときていない。挙げ句に「ごはんがないならラーメン食べに行こうよ！」的な発想にいたりねだる始末（何処かの国の貴族も飢えに苦しむ民の話を聞いてそんなような発言をしていたとか、しなかったとか）。母親は呆れて立ち去る……。

それを聞いた猫型ロボットは「ありがたみわかり機」を出す。手のひらサイズのドーム型の機械は、ぱっと見コンセントを差したら蚊を駆除してくれそうなアレに見える。オンとオフのスイッチがついており、「〇〇」と言いながらスイッチを入れると「〇〇に全く縁がなくなる」という仕組みだった。これでごはんのありがたみをわかってもらいたい猫型ロボットだったが、少年は信じない。そして「ごはん」と言いボタンは押された。案の定おやつや食事に全く縁がなくなったまま何も口にできず1日を過ごしヘトヘトになった少年はこんなに辛いものかと謝罪し、解除を求めオフボタンを押しやっと食事にありつけたのだった。いつもの少年のズッコケエピソードと違い、今回はなかなか呑気に受け取れない話だなと子ども心にザワザワした感情になったのを覚えている。

ありがたみわかり機のように、一旦それがなくなると、もしくは縁遠くなると途端に「あったころ」と今とを比較してはじめて辛さを覚える……何も少年だけに限ったことではない。普段からあって当たり前のもの、便利なものに囲まれて暮らしている私たちにもそれは当てはまる。ここ数年にわたる新型感染症の世界的な蔓延で、科学技術がもたらしてくれた「これまでの当たり前」がいかにありがたいことかが身にしみて理解できた。少なくとも私がこれまで生きていた間は感染症が世界規模で広がりどんどん犠牲者が出るようなことはなかったから。しかし今は違う。ここ3年、便利だった過去にあぐらを掻いていた己を省みながら不便さと向き合う時間もいただいた。今後は感染症と共存して「再度できるようになったこと」にありがたみを感じながら生き直しのような未来を過ごすのかもしれない。新生児の死亡率は戦前とくらべ段違いに下がったが、ベッドから起き上がれなくなってもさまざまな医療の恩恵を受け生きなくてはいけない、医療が発達した故のもどかしさもある……佐倉先生は新生児から老年期にいたるまでの年代別死亡率データを提示しながら私たちに便利さの裏表も教えてくれた。戦後直後の死亡率は40～50歳で50％弱だったのには驚愕した。だからバリバリ働いて家族をつくり、男性は時には妾までつくり、モーレツに稼働して社会に貢献し……生きることに急いでいたのかもしれない。

「今不便さを感じますか？」と佐倉先生は私に聞いた。私は「あらゆる新薬が開発された話は聞きますが、自身がその薬を必要とした時、この手でそれを握る日はいつ？　それが見えないのが少し不便かなと思います」と答えた。贅沢な不便さへの回答かもしれないが、科学技術の恩恵に埋まってしまった私の正直な意見を伝えたかった。この国で過ごしていたら長生きすることが前提となってしまうのも、世の中が便利になった故の慢心だろう。だからといって、うっかり命を落とすことばかりを考えてもいられない。自分にとっての便利とは何だろう？　と考えながらさまざまな進化の経緯を知り今に敬意を感じ生きる……そうしていれば、100年生きる道が見えてきても暇になったりみだりに他者と自分を比べて落ち込んだりSNSに攻撃的なコメントをしないで済みそうだ。昔はよかった、と言うのではなく、昔のままの部分も少し残して暮らす「便利に対するオリジナルの価値観」を持ち年を重ねたい。

壇蜜

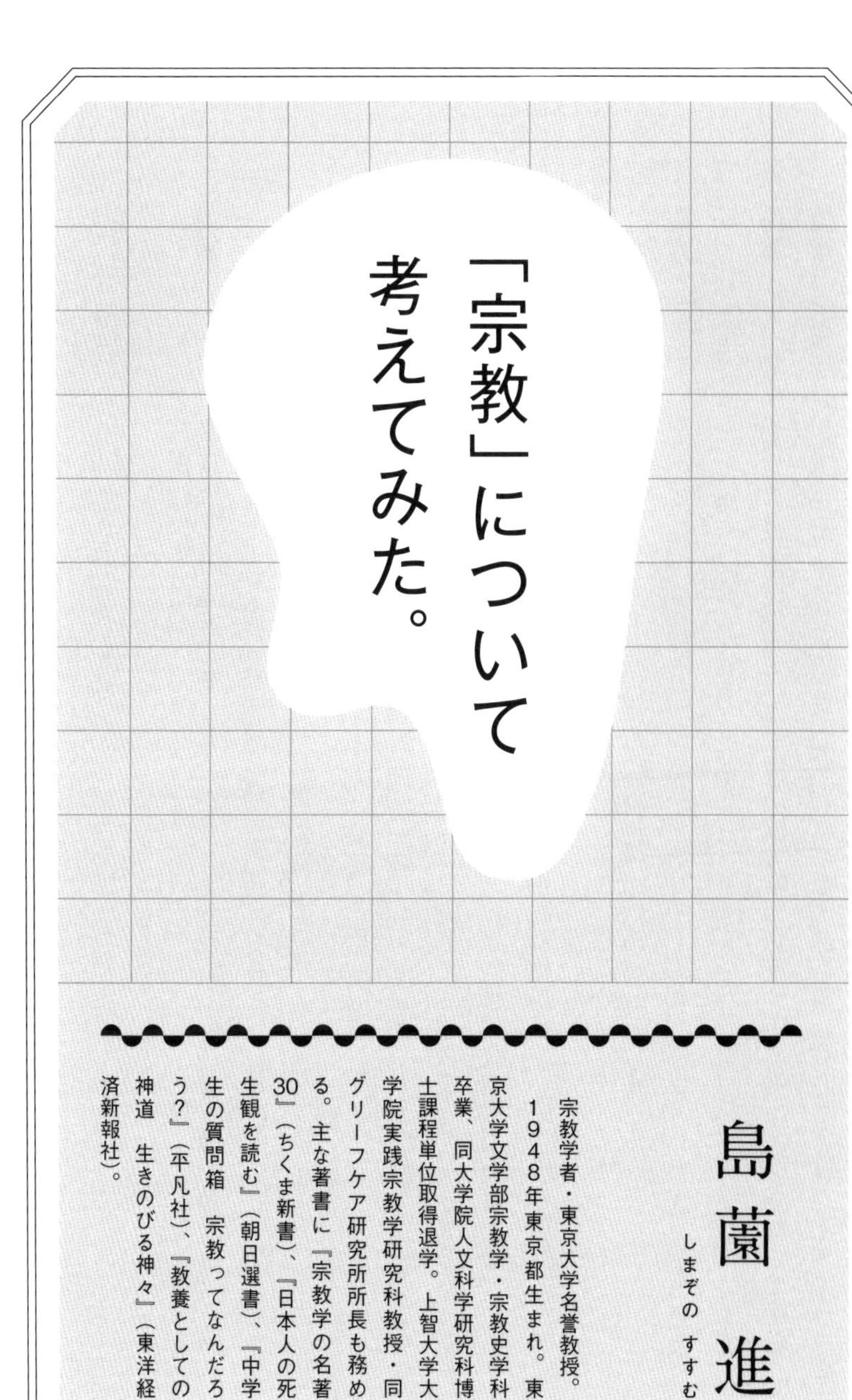
「宗教」について
考えてみた。
島薗 進
しまぞの すすむ
宗教学者・東京大学名誉教授。1948年東京都生まれ。東京大学文学部宗教学・宗教史学科卒業、同大学院人文科学研究科博士課程単位取得退学。上智大学大学院実践宗教学研究科教授・同グリーフケア研究所所長も務める。主な著書に『宗教学の名著30』（ちくま新書）、『日本人の死生観を読む』（朝日選書）、『中学生の質問箱　宗教ってなんだろう？』（平凡社）、『教養としての神道　生きのびる神々』（東洋経済新報社）。

新宗教の人たちは積極的？

壇蜜　両親の実家がそれぞれ違う宗教でしたから、その違いといったものをわりと早くから意識しました。父方は霊友会で南無妙法蓮華経を唱えていました。日蓮聖人の教えですよね。

島薗進（以下、島薗）　霊友会は日蓮宗系の新宗教ですね。

壇蜜　「新宗教」という言葉には、あまり馴染みがないのですが。

島薗　日本ではだいたい、江戸時代の終わりから明治以降に創始された宗教のことを言います。古いところでは黒住教や天理教などがあり、少し遅れて大本教などができました。昭和に入ってからできた仏教系の創価学会も新宗教です。オウム真理教や幸福の科学など、より歴史の浅い宗教も含まれますが、いずれにせよ一般庶民が信仰している宗教を広くそう呼んでいるのです。

壇蜜さんのまわりに、そういう信仰をもつ方は多くいらっしゃいましたか？

壇蜜　学生のころ学内に創価学会の方がかなり多かったですね。母校のＰＴＡとか生徒会とか、親も子どもも、行事や組織の運営でも積極的に参加する人が多いという印象があります。

島薗　町内会なんかでも、創価学会の方が世話役をやったりすることは多いみたいですね。

壇蜜　学校になじめず、孤立しやすかった私のような人にも親しくしてくれたイメージをもっています。「心配事はない？」と声をかけてくれたり、「コレ面白いよ」とマンガを貸してくれたり……。

島薗　私は１９８０年代、東京外国語大学に勤めていたのですが、留学生の多い日本語学科にいたんです。そのころ日本は相対的にすごく豊かで、留学生の出身国として多かった韓国や台湾、中国は相対的に貧しかった。彼らの多くが、日本社会で孤立していたんですね。そんななかで創価学会や統一教会といった新宗教の信者たちが留学生たちに接近することが多かった。

壇蜜　自分たちが救わなきゃという、責任感をもっている人が多いのでしょうね。私もある意味で、優しくしてもらった「対価」として入信しなきゃいけないのかな、とぼんやり考えたことがありました。

瞑想、ヨガ、そして水泳

島薗　ご両親の家で宗教が違うという話でしたが、もうひとつは？

壇蜜　母方は、秋田にある伝統的なお寺の檀家で、道元さんのお寺ですね。

島薗　曹洞宗ですね。秋田を含め東北地方は、とても多いんです。私は金沢出身なのですが、北陸は歴史的にも一向一揆が知られるように浄土真宗が強い。その意味では新潟県あたりが曹洞宗の多い東北との境でしょうか。でも曹洞宗は、もともと福井県の永平寺が「大本山（中心寺となる院）」でした。能登半島の石川県輪島市には總持寺[*1]（總持寺祖院）もあり、そこから北へ広がっていったのです。

壇蜜　子どものころ不思議に思ったのは、お坊さんを「おっさん（和尚さん）」と呼ぶことでした。きっと西のほうから伝わってきた呼び方なのでしょうね。

島薗　私は高校まで金沢にいたのですが、金沢市には大乗寺という永平寺や總持寺に次ぐ重要な歴史をもつといわれるお寺があります。このお寺が学校の裏手にあり、文化祭のときは座禅会をやっていましたが、楽しみでした。

壇蜜　座禅を組み、静かに瞑想するような宗教文化って日本特有かなと思っていたのですが、今は「マインドフルネス」として世界中に広がっていますね。

島薗　瞑想がこれほど世界中に広まるとは、私も若いころはまったく想像していませんでした。

壇蜜　なぜ、こんなに広がったんでしょう？

島薗　やはり、仕事や生活などでストレスを抱えている方が多いのでしょう。私の記憶では、１９７０年代にはヨガのブームがあり、80年代に気功がブームになりました。ヨガも気功も少し惹かれましたけど、私は体がすごく硬いんです。だから開脚しようとすると、上半身が後ろに倒れてしまいますね。

釈 ヨガは3年くらいやりました。ピラティスというのも、たしか90年代の終わりから2000年代はじめにかけて日本で流行しました。インナーマッスルを鍛えるエクササイズで、ヨガと似たポーズをとったりしますが、より実践的なイメージがあります。

島薗 ヨガにしてもピラティスにしても、女性が多いイメージはありますね。あと私は若いとき胃を悪くして、お灸をしたことがあるんです。お灸は大変なので、ツボ刺激に変えましたが、ストレス対策として長年やっています。最近、私は水泳になりまして、週5回通っています。

釈 私も水泳に通っています。

島薗 水泳をするとよく眠れるんです。ヨガでも、たぶんツボ刺激と同じような効果があるから、無駄な緊張が取れてよく眠れるのだと思います。

体で感じることを大切にする宗教

釈 やっぱり無駄な緊張というのが、人間にとって一番の妨げなのでしょうか。それがストレスのもとになっていますか。

島薗 頭のなかの想念によって緊張している、あるいは人に気を使ったりして緊張しているんだけど、それが体にそのまま影響してしまいます。だから体をほぐすことで、想念もほぐされるわけですね。
壇蜜　今は、まず体からフィックスする、解き放っていくという考え方が強いと思います。そもそも「宗教」というのは、どっちなんでしょう？　思想から変えていくのか、体から変えていくのか。
島薗　ヨガや気功が日本で流行ったのもそうですが、「体から入っていく」タイプの宗教に人々の関心が向かうようになったのは、日本では１９７０年代からでしょう。米国はもう少し早い。仏教もそうですが、東洋起源の宗教には修行があります。修行も体だけじゃないけど、体を使う要素が大きい。
壇蜜　たしかに、キリスト教にはあまり修行しているというイメージがありません。
島薗　キリスト教にも修行はありますが、限られた特別なケースという感じが強いですね。それもあって西洋人はキリスト教の限界を感じ、東洋の宗教に関心をもつようになりました。ビートルズのメンバーがマハリシ・マヘーシュ・ヨーギーというインドのグルのもとで瞑想などの修行をした話が有名ですが、あれが１９６０年代でした。
壇蜜　それまでは聖書などから「知識」として教えを学ぶほうが、一般的だったということでしょうか？
島薗　特にプロテスタントはその傾向が強いですが、キリスト教は聖書を読むということがひじょうに重要です。書物や書かれた（もしくは印刷された）文字が大切で、それを通して神とも向き合う。

壇蜜　内面から、神と一対一で向き合うわけですね。

島薗　信仰という言葉は「仰ぐ」という漢字が使われていますよね。天にいる神と向き合い、信ずるのか、信じないのか。キリスト教がはじまって以来の性格ですが、宗教改革以降、プロテスタントが広まって、その傾向はさらに強くなった。だから世界中の近代人も、そういう宗教観の影響を強く受けているということですね。

壇蜜　今、それを強く信じている人たちは、世界でもどれくらいいるんでしょう？

島薗　答えるのがむずかしい質問です。でもたとえばアメリカでは今、キリスト教徒の割合が減っていて、なかでも高学歴層のプロテスタントの減少幅が大きいといわれています。ただプロテスタントのなかにはものすごく熱心な福音派と呼ばれている人たちがいて、これがアメリカの政治にも大きな影響を与えたり、妊娠中絶に強く反対したりして、しばしば話題になります。聖書に書いてあることのひとつでも間違っていると言ったら、それはもうキリスト教徒じゃないというような極端な信仰の人たちは「原理主義（ファンダメンタリズム）」とも呼ばれます。

壇蜜　割合は少なくなっているけれども、社会に対する影響力はすごく強いのですね。

島薗　ただ面白いのは、そういうキリスト教徒がみな「文字中心」の聖書だけを大切にする人たちかというと、それもちょっと違う。

壇蜜　アメリカのキリスト教も、変わってきているということでしょうか？

島薗　福音派の人たちのかなりの部分がペンテコステ派と呼ばれているのですが、これは原始キリスト教にも近い、異言や癒やしなどの要素を強調するものです。信仰をもつ人は「体ごと」変わる。それで悪い欲望がなくなり、癒やしの力が出てきたり、神秘的なことがわかったりする。こういう信仰はキリスト教の歴史のなかで薄れていたんですが、とりわけ20世紀に入って復興してきたんです。そうした「身体感覚」を重んじるキリスト教が、インテリよりも庶民のあいだに広まっていく。最初はアメリカの黒人でした。そして今、キリスト教は「グローバル・サウスの宗教」という側面を強めつつあるのです。

壇蜜　神を頭のなかに描くのではなく、体で感じるんですね。

島薗　考えてみると、さっきのヨガや気功とも通じるのではないか。

ミッションスクールの影響

壇蜜　宗教というものに初めて接したのはいつごろでしたか。

島薗　私はプロテスタント系の幼稚園に通いました。なんとなく怖い絵が飾ってあったのを覚えています。あとクリスマスには劇をやるのですが、そこで重要な役を演じたんです。どんな役だったのかは憶えていないのですが、手を組んで祈ったということだけは記憶に残っているんです。やらされたのではなく、自分から進んで。おそらく、その当時は小児麻痺や日本脳炎などの病気が子どもながらに怖かったんです。今は新型コロナの感染症が怖いという感覚がありますが、この数十年のあいだに多くの感染症や病気が克服され、病気をあまり心配しない時代になったと思います。でも当時は、まだ怖かったんですね。

壇蜜　すごく怖いものがあっても、祈ると少し楽になりますよね。

島薗　災害も怖かったですね。そんなときは祈る以外に、暗い押し入れのなかで布団にくるまり、小さくなって寝たこともありましたね。

壇蜜　ご両親がキリスト教を信仰していた、というわけではないのですか。

島薗　母親は幼稚園から18歳まで、カトリック系のミッションスクールで教育を受けましたから、その影響が大きかったのでしょう。洗礼を受けて信仰するところまではいきませんでしたが、キリスト教に親しみがあった。日本は戦争に負け、価値観も大きく揺らいだ時期ですから、そのころ進歩した文明と一体と感じられたキリスト教に魅力を感じたのかもしれません。

壇蜜　子ども時代に病気の不気味な影を感じ、お母様の影響もあって、祈ることが自然になったのですね。私は昭和女子というレフ・トルストイの思想に影響を受けた学校に通ったので、なんとなく想像できます。

島薗　そのような学校に通ってよかったと思われますか？

壇蜜　今はざっくりとそう思えます。昔は縛られて抑圧されることが多かったからちょっと大変だなと思っていました。しかし、そういう経験から「違う自分」みたいなのが生まれてきた気はします。うまく説明できませんが、他人の視線を気にせず大胆なことができたりする力もついたのかなと思うんです。そのぶん、素直に甘えたり助けてもらったりすることが苦手なのですが……。

島薗　宗教系の学校で受ける影響は、すごく大きいと思います。日本は「無宗教」が多く、キリスト教徒の数も増えていませんが、キリスト教系の学校はひじょうに多い。

壇蜜　考えてみると、ちょっと不思議です。

島薗　やはり明治維新で文明開化を目指し西洋の影響を強く受けたということでしょうね。近代の「自由な教育」が必要となり、西洋の教育を真似るのだけれど、公立学校ではいろいろ限界もあるということで宗教系の教育へのニーズが高まった。

壇蜜　袴姿で聖書をもってハイカラ、みたいなイメージがありますね。

島薗　はい、とりわけお嬢さん、中から上流階級の女子学生には魅力があったのでしょう。宗教が教育界では権威をもったとも言えるでしょう。

壇蜜　校長先生からトルストイの思想を熱心に教えられたことは、よく覚えてます。「え、トルストイ？　それは誰？」と思いましたけど、やはり大きな影響を受けていると思います。

育成ゲーム的な仕事

壇蜜　先生も私もキリスト教を「信仰」することはなかった。大人になってから宗教を「研究対象」にされたのは、なぜでしょうか？

島薗　父が精神科医だったことと関係があるのかもしれません。祖父は内科医だったので、父も医師を目指しましたが、体を治す医者は物足りないと思ったのではないでしょうか。父は、大正時代の旧制高校で流行した教養主義の影響を強く受けていました。哲学や芸術、文学、宗教といったものが大切だという教育ですね。

壇蜜　そういう面で日本はその後、すごく変わりましたね。

島薗　私が学生だった１９７０年代が変わり目だったかもしれません。大学では一般教養科目が減り、「教養主義なんてダサい」という雰囲気でした。格好つけているというか、古いエリート意識と見えたのです。でも今は、そのよい部分も見えるようになってきました。父は患者さんの話をじっくり聞くのが好きだったようです。死ぬときに自分の一生を表す言葉として、「心病む人のために」と言っていました。

壇蜜　心病む人のために生きる。すごく素敵な、優しい人だったのですね。

島薗　ただ、私が自分の人生に迷い、親を困らせたりするときにも、じっと我慢しながら見ていたんだなあと思うと不思議な感覚もあります。

壇蜜　お父様にとって先生は研究対象だったかもしれませんね。でも親というものはそういう部分がありますよね。子どものこともどこか冷めた目で見ているというか。あるゲーム好きの芸人さんが、「子育ては、人生をかけて育成ゲームをやっているようなもんだ」と言っていて、なるほどそういう考え方もあるのかと思いました。

島薗　そう考えると、「育成ゲーム的な仕事」は、精神科医だけではないですね。医療関係や教育者もそう。ケアする仕事と言い換えることもできそうですね。

死とどうやって向き合うか

壇蜜　以前、あるスタイリストさんと「なぜ、みんな宗教を信じるのだろう。なぜ宗教に熱心な人もいれば、熱心じゃない人もいるんだろう」みたいな話をしたことがあるんです。その人は「宗教とか、よくわかんない」というタイプでしたから、私もうまい答えが出てこなかったんですが、まず「うーん、死ぬの怖いじゃん」と言ったんです。そしたらそのスタイリストさんも、「怖い」と答えました。「たぶん、死ぬための、なんか納得する言い訳をみんな学んでいるんだよ。死ぬときに怖くなかった、現世さようなら、ありがとうみたいな気持ちになるため、なんとか折り合いつけるために宗教はあると思う」、そう説明したら、納得してくれました。ひとつの考え方として、どうでしょうか？

島薗　それは、すごく大切な部分ですね。やっぱり、死というのは大きい。人間は、縄文時代からいろいろな形で死者の弔いをやってきた。それが宗教の根源にあると思います。実は人間だけじゃなく動物も、たとえばゾウも悲しむらしいんですよね。親が死んだとか、親しい仲間が死んだとか。悲しむということは、恐れることに通じる。だから、壇蜜さんの説明は素晴らしいと思いますね。

壇蜜　私は法医学の先生について司法解剖や行政解剖を学び、また遺体衛生保全士の資格をもつエンバーマーの経験もあるので、葬儀関連業界で働く人たちも見てきました。でも彼らは、むしろ宗教的なことを遠ざけている、という印象がありました。

島薗　それは、なぜでしょうか？

壇蜜　葬儀業界では亡くなられた方を「故人様」と呼ぶのですが、「あなたたちは、故人様とご遺族のため仕事を全うすることが優先事項。そこに宗教的な気持ちを入れないで」という指導を受けました。法医学の先生からも、「宗教に近づきすぎないで」と言われました。仕事に影響がでる、というような意味合いだと思います。

島薗　なるほど、そういうことですね。私は大学に入ったとき、最初は医学部に行くつもりだったんです。やめた理由のひとつは、解剖が嫌だったから。壇蜜さんは、嫌じゃなかったのですか？

壇蜜　もう10代のころから、体験してもいないのになぜか「これは平気だ」とわかっていたんです。「導き」のようなものだと信じています。「ある種の天啓でしょ」と夫にも言われました。

島薗　高校生まで、石川県のネズミがたくさん出るような家に住んでいたんです。ネズミ捕りにかかったネズミを水につけて殺すのが私の役割でしたが、辛かったことはない。ただ大学の生物学実習でカエルの解剖をしたら、それがつまらない。とても丁寧な仕事なんです。1本1本の血管を選りわけたり。なんとなく自分には向かないと思いました。日本の大学では研究者が死んだ実験用のマウスやモルモットのため、年に1度は追悼行事をやったりします。壇蜜さんの働いていた職場では、手を合わせるような場面はありましたか？

壇蜜　行政解剖が終わり、ご遺体を葬儀社にお返しするとき、手を合わせることはありました。でも、ドラマみたいにスタッフが揃って遺体に深々と頭を下げてお見送りをして……というようなことはあまりなく、わりとドライだった印象があります。

島薗　父の時代には実験動物の扱いも割り切っていましたが、今はやっぱり手を合わせることが必要というふうに、時代の感覚が変わってきているように思います。

壇蜜　私も、それはすごく感じます。

骨壺の遺灰を大切にする

島薗　壇蜜さんご自身、法医学的なことへの関心と、宗教や霊的なものは繋がらないですか？

壇蜜　あえて切り離すようにしていたのですが、どうしても感じる部分はありますので、そこは大切にしました。自分だけの小さなこだわりというか、小さな信仰のようなもの。たとえば、お顔はもちろん大切ですが、むき出しになっている手が美しければ、家族は安心するんじゃないかということ。最後は、手に触れてお別れすることが多いので、指先とか爪、指のあいだをきれいに処置することに、こだわっていた記憶があります。

島薗　エンバーミングをやることで、遺体に触れやすくなるんですね。たとえばアメリカではエンバーミングが広まっていると思うんですけれども、日本とはだいぶ感覚が違いそうな気がします。

壇蜜　私自身が生まれも秋田で、秋田での故人とのお別れの方法は、まず遺体を焼いてからなんですよね。骨葬が多いのでしょう。綺麗な布に骨を包み、亡くなった人を偲ぶというのが普通という感覚です。それも、宗教が私に与えた影響のひとつだと思います。

島薗　アメリカやヨーロッパでも火葬は少しずつ増えていますが、まだ土葬が多いですね。

そしてキリスト教には復活の考えがあり、生きた肉体のままお墓に埋めた棺桶から蘇る。もちろん、それはフィクションですが、そのフィクションをもとに葬式を行う。骨壺の遺灰が成仏のイメージと繋がっている日本より、エンバーミングのニーズは高いでしょうね。

壇蜜　死生観の違いは大きいですね。

島薗　遺灰を壺で保存するというのは、世界でも珍しいんです。火葬は、そもそも遺体を残さないというイメージですから。

壇蜜　あ、そうなんですね。たしかに、インドではガンジス川に流してしまいますね。

島薗　これは仏舎利の信仰とつながっています。仏教ではかつて仏塔（ストゥーパ）にお釈迦様の遺骨を納めたんです。その遺骨を舎利と呼び、宝もののように扱う。

　みんな亡くなって仏になるんだという大乗仏教の考え方が広まり、それを骨壺に納める形になったのが日本。中国や韓国の場合、そもそも仏式の火葬が広まってない。もともと儒教式の土葬が多かったんです。

壇蜜　そのような文化は、先生は大事だと思いますか？

島薗　死者を尊ぶ、死者を悼む、ということが現代人の宗教心にとってはひじょうに重要だと思うんです。最近は手元供養という、お骨を入れたものをペンダントにしてお守りのように肌身離さずもつこともあります。

壇蜜　8歳のとき曾祖父が亡くなりました。当時は硬貨を一緒に入れて火葬することができたので、私も遺灰のついた5円玉をケースに入れてずっと大切にしています。

「末代意識高い系」の新しい宗教観？

島薗 形見分けをどうするか、という話もよく聞きます。

壇蜜 遺品整理の管理業者みたいな、第三者が入ったほうがいいみたいですね。遺族同士でやると、本当にもめる。遺族の手に負えない、たくさんのモノが遺されるのですが、そこから適切なものを選んでくれ、残りはちゃんと供養した上で廃棄してくれる。

島薗 死別に関わる、生者と故人の関係の持ち方というのは、現代の日本でも刻々変化していますね。お骨や形見分けを含め、宗教性のある新しい文化が展開している重要な領域だと私は思っています。私が10年くらい関わった「グリーフケア」も、そこに関わるんです。

壇蜜 グリーフというのは、悲しいことがあったときに嘆くことですよね。グリーフケアは死者を哀悼するためのケアということでしょうか？

島薗 50年前の人は誰もグリーフケアなんて言いませんでした。法事のような場に家族や親戚、知人が自然と集まって悲しみや嘆きを共有し、癒やし合っていた。そういう機会や人のつながりが、どんどん干上がってきた。ひとりっきり、あるいは少人数で思いを分かち合うというのは寂しい。どう死者との関わりを持ち続け、そして新たにするか。それが課題となり、グリーフケアということを意図的、意識的に考えるようになった。新しいビジネスにもつながってくるし、お寺も新しい時代にどう対応するのかを真剣に考えはじめているのです。

壇蜜　お骨とか遺品って、象徴的なものとして、すごく大事だと思います。結婚するかどうかもわからないような男性から、「俺が死んだら、灰は海に流してくれ」と言われたことがあるんです。そのとき一応、言っておきました。「海に全部？　そしたらあなたの命日、どこを向いて拝めばいいの？」

残された人のために拠り所を残すことって、亡くなっていく人がもつ唯一の責任かもしれない。それを最近は、宇宙にもっていくとか……。死んだら無になる、みたいなのがトレンドになっちゃって。ここ10年ぐらいですかね。

島薗　「大河の一滴」というのは、もともと志賀直哉の言葉で、五木寛之さんが書いた本のタイトルでもあります。人の命は大河の一滴のようなもの、そこに尊さがあるということですよね。遺灰をガンジス川に流すのも、そういう思想があるからこそでしょう。

壇蜜　わかるんです。でも、それは「信頼と実績のガンジス川」だからだと思うんです。

島薗　なるほど。ただ最近は少子化で、うちも島薗家の墓をいつまで維持するのだろうと考えたりします。子孫に墓の管理を押し付けるのは忍びないとか。そういう問題を壇蜜さんも考えることはありますか？

壇蜜　墓じまいとかの話ですよね。そこに関しては、よく夫とも話をします。子どものいない私たちの代で終わりという「末代意識高い系」だと言っているんです。じゃあ墓をどうするって考えたとき、墓じまいをするにしても、何らかの証を残せないかね、と話したり。墓石というより碑石、あるいは最近よく都内にあるカードを入れたら自動で位牌と写真が出てくるような、合葬型の納骨堂に近いイメージなのですが……。

島薗　「末代意識高い系」ですか。

壇蜜　夫によれば末代意識というのは、子どもを持たず自分たちが2人で生涯を終えることだそうです。「意識高い系」は若い人が使う言葉で、スターバックスのテラスでマックをいじったり、河原でワンちゃん連れてカフェラテ片手に自分をリセットするとか、あとはエステに通ったりするとか。自分が自分であるために、自分を高める修業をたくさんする人のことを「意識高い系」と呼ぶ気がしていたのですが……。

島薗　それは、すごくわかる話です。つまり、これまでは先祖から子孫へという血筋のなかにいたけれど、それが自分の代で終わってしまう。そこに代わる新たな繋がりというか、何かを求める。たとえば、さっきの健康法にとどまらないヨガとか気功とかマインドフルネスとか、そういう人たちも意識高い系ですよね。

壇蜜　そこにも、繋がっていきますよね。新しい何かは、自分のなかにあるってことですもんね。子どもを産んで血筋を託すわけじゃない。

島薗　心のなかだけじゃなく、形にもしたい。だから碑をつくるとか、納骨堂形式の永代供養が広がってるんですね。そこに故人がいて、拝みにいけるということに意味を込める。それは東日本大震災の被災地に碑ができ、そこで手を合わせることに深い意義を感じるといったことにも繫がってませんか?

壇蜜　そう思います。そうやって血脈にとらわれない世界観をもつような人が増えると、岸田総理じゃないですけど、「世界が変わっちゃう」かもしれない。もちろん、よい方向だといいんですけど。

スピリチュアルに浸りすぎ?

壇蜜　見えないものに触れ、祈る喜びみたいなものが日常生活で大きな割合を占めすぎ、そればかりを求めちゃうと、なんか「スピリチュアル・マニア」みたいになっちゃいそうな気がするんです。

島薗　自分を超えたものとの繫がりに関心を持つのはいいけれど、そこにあまりハマらないほうがいいというお考えですね?

壇蜜　測れるものではありませんが、なんとなく50%が限度だと感じます。たとえば私は猫を飼っているのですが、2人で3匹くらい。それは自分と猫の安全や生活を守り、可愛がるという基本が成り立つための限界です。

島薗　なるほど、面白いですね。

壇蜜　猫屋敷に住んでいる人とか、ある意味で超常現象です。スピリチュアルにも同じことが言えて、1日2、3スピリチュアル体感くらいでいいんじゃないかな。サウナへ行ってヨガをやり、瞑想して、自宅でアロマキャンドルを眺め……なんて具合に一気に5スピくらいいっちゃうと人も離れてしまう気がして。

島薗　人によってキャパシティがあるので、壇蜜さんとしてはそれくらいのバランスがよいということですね。

壇蜜　私の場合は家の神棚に手を合わせて、今までに亡くなったペットや、祖母とかの写真を見つめる。あとは、できるだけ日の高いうちに感謝しながら掃除をするくらいです。

島薗　ただ、人によってちがうのはキャパシティだけではありません。目に見えないものに意識が向かう大きな理由のひとつは、人生の苦しみ、悲しみが溢れてしまうことでしょう。それに押し潰されそうなとき、スピリチュアルなものに生活の全部が浸るくらいに関心をもつことも起こり得るのではないでしょうか。

壇蜜　器の大きなものに委ねたいけれども、特定の宗教に行くことに躊躇し、自分にとって優しくて温かいスピリチュアルなものをどんどん生活に取り入れていく。平成から令和にかけて、そういう人びとの欲が強まっている気がします。

自分のこととして宗教を考える

島薗 日本人は、たとえばマラソンを走り終えて道路に挨拶したりします。それも宗教と関係がないとは言えない。

壇蜜 道場に入る前に一礼とか。プールの監視員でも、たまに入り口で一礼している人がいますよ。

島薗 やっぱり目に見えない何かを大事だと思っている。その感覚を表現しているのだと思います。そういうのを見ると、どうですか？ 「そこまでしなきゃいいのに」「スピリチュアルすぎる」と感じるのかどうか。

壇蜜 挨拶は「完全スピリチュアル」じゃなくて、「半スピ」くらいかなと思いますね。

島薗 よく私が話すのは、「いただきます」と「ごちそうさま」です。これも世界的に見ると日本以外ではあまり聞かない挨拶ですが、何かに向けて祈っているような言葉ですよね。英語のSee youとかGood luckもそうですが、挨拶のなかには宗教的な要素が入っている。

壇蜜 ちょっと念がこもっていますよね。

島薗 そうです。日本人は「祈る」という言葉に抵抗のある人が多いので、「念じる」という言葉で考えたほうが抵抗が少ないんじゃないかと思っています。

壇蜜　祈るより、念じろ、ですか。

島薗　念じるにも、いろんなニュアンスがあり、利己的な場合もあるでしょう。でもたとえば、友だちが病気になって辛いというとき、「回復をお祈りします」というと何に向かって祈るの？　と問われるような気がします。

壇蜜　たしかに、「念じる」は内に向かっている感じがしますね。

島薗　先ほど触れた「信仰」も天にいる神様を仰ぐ雰囲気ですが、仏教用語である「信心」なら内側を見ている感じがして、しっくりくる。

壇蜜　信心深い、ですね。そうやって人びとが自分の内側の部分を放棄せず大切にしていれば、他人にも優しく寛容になれると思います。温故知新じゃないですけど、それが今後の新しい宗教にもちゃんと継承されていくべき、新しい理想の姿なのかなと思います。

島薗　２０２２年からたびたび統一教会の事件が報じられたりすると、宗教は危ない、宗教こそ人権を否定するという方向に話がいきがちになります。でも世俗的なことのなかにも、宗教的な、スピリチュアルなものがたくさんある。それに気づくことが大切だと思います。

壇蜜　ああいう事件があると、宗教を危険視しちゃうんですよね。

島薗　でも、人が生きていく上でなくてはならないような何かが、宗教やスピリチュアリティのなかにある。

壇蜜　宗教が危ないイメージにつながりやすいっていうのは、１００％とは言いませんが、かなりメディアの責任だと思います。

島薗　現代の日本は、カルトと呼ばれるような宗教団体が怖いということを経験していま す。世界に目を向ければ、宗教こそが戦争に油を注ぎ、人権抑圧に関わっていると見える場面もあります。でも、同じ宗教が多くの人にとって安らぎの源であり、自分を超えたものを通して自分を振り返る糧であったりする。そういう成熟した見方を今、私たちは学んでいるところなんじゃないかという気がします。

壇蜜　そういう認識ができるようになれば、もう少し上手く付き合えそうな気がします。

島薗　自分とあまり切り離さないことも大切です。挨拶の話とか、死んだときの遺品整理や遺骨の話もそうですが、無関係じゃない。苦しいことがあったとき、どういう態度を取るのかということも含め、自分のこととして宗教を考えてほしいと思っています。

壇蜜　「無宗教」という概念は捨てたほうがよいのかもしれませんね。

島薗　でも、どう言い換えたらいいですかね？

壇蜜　クリスマスにチキン（本当はターキーですが）食べるんだから、その延長で神様に敬意を払ったっていいじゃない？　と思います。

島薗　日本は無宗教の先進国ですが、今はアメリカやヨーロッパでも無宗教の人が増えてる。でも、それは特定の宗教との親しみが薄れたとしても、宗教的なものの重要性とか意義については、新たに学び直している段階かもしれません。小説やアニメ、マンガ、それからもちろんゲームもそうですが、宗教的なモチーフがたくさん使われている。私も宗教学者として、もっとゲームをやらないといけないかもしれませんね。

壇蜜 先生はＲＰＧでいうと、ポジション的にやっぱり賢者ですかね。

［注］

＊1 總持寺：現在、曹洞宗の大本山と位置づけられる「大本山總持寺」は神奈川県横浜市鶴見区にある。

ヘレン・ケラーの死と曾祖父の死

結果として宗教を意識したことになるであろう体験は、小学1年生の時だった。入学して図書館という存在を知り、伝記マンガを借りてよく読むようになった。ライト兄弟、キュリー夫人、シートンなどランダムに偉人の生い立ちを綴ったマンガに夢中だった。そして出会ったヘレン・ケラー。生まれて間もなく突然の病にかかり見えない、聞こえない、話せない世界に突き落とされる展開に愕然とした。家庭教師のサリバン先生と共に二人三脚で勉強しながら大学進学を果たし、政治活動家、障害者権利擁護者として日本でも講演する。血の滲むような思いをして学びに立ち向かうヘレンを見て、小学校で出された宿題でぶつくさ言っている己を恥じた。

ヘレンは87歳で生涯を終えるが、その時に「生涯を終えました」的な描写を見たことが私の「死ぬって何？　信じるって何？」ブレイクの瞬間だった。私が目にしたのはベッドに横たわるヘレン。彼女の枕元には天使達がおり、羽が生え頭に輪がついたヘレンが浮かび上がっているイラストだった。天寿を全うし神様の元に行く穏やかなイラストだと今なら思えるが、当時の私は「何これ！　恐い！」と今まで覚えたことのない恐怖を感じる素材になってしまった。なぜ体が空に浮かんでいるの？　周りの子どもみたいな集団は何？　これが死ぬってこと……何なの？　とパニックになり母にイラストを見せて説明を求めた。ヘレンは天使と神のいる天国に行った、としか母も説明できなかったようだ……というより、「なぜ支静加（本名）はこの平和的な描写にそんな恐怖心を？」と母も混乱したらしい。パニックの娘にいくら説明をしても動揺がおさまらないことを悟った母は、その後も夜になる度「死ぬって何？　神様って何？　神様とか天使って生きている人を死なせにやって来るの？」と思い詰め怯える私をなだめ、とりあえず添い寝をしたり、違う話を話したりして私を落ち着かせながら就寝していたらしい。恐怖におののく夜は数週間続いた。数年後、この日々は母も私も半ばノイローゼ状態になっていたと語られ、申し訳なくなった。大多数の者にはそれほど問題ある構図に見えないイラストに強いショックと、死という未知なる世界への恐怖に心身が奪われたあの現象は、間違いなく「支静加の宗教認知入門（ショッキングバージョン）」だった。

衝撃体験が一段落（無理矢理思い出さないようにしていた？）したある日、母の実家がある秋田で暮らしていた本家の曾祖父が亡くなる。曾祖父は寡黙な渋めの男だったが、母のことを特別可愛がっており、ひ孫の私にも連鎖するように愛情をそそいでくれた。入れ歯で獅子舞の真似事をする曾祖父とじゃれ合って遊んだり、ストーブで炙ったイカやエイヒレを一緒に食べたり、相撲のルールを教えてもらったり……なかなかマニアックかつハイセンスな遊びで大いに盛り上がっていた。その曾祖父が私が夏休みを秋田で過ごす間に眠るように亡くなり、葬儀に参加した。秋田県横手市界隈では亡くなったら直ぐに火葬して骨葬、という流れが多く曾祖父もそれにならい早々と肉体と別れ、気付けばキレイな布に包まれた骨になって祭壇に上がっていた。儀式の後は昔話をしながら食事をして締めくくられ、写真が仏壇に飾られてあっという間に終わる。私は幼心にも曾祖父がさっさと神様の元に引っ越していくような姿に、ヘレンの死の描写とは真逆の安堵を覚える。関係性や感性、環境の違いだろうがヘレンの死に触れ曾祖父を見送ったことで「どちらも死んだ人が暮らす世界があって、そこに行くまで色々なことをするんだな」と納得はできた。「そこに行くまで色々なことをする」が、後に宗教を更に詳しく知るうえでのベースになる。

島薗先生も幼少期は病や災害に抱いた恐怖心を鎮めるために祈っていたという。精神科医の父上、キリスト教の教えに熱心な母上に育てられ、宗教の歴史や意義を探究するようになり今に至ると伺った。宗教者として生きるよりも、宗教学を学びたいお気持ちが強かったのは、歴史上起こったさまざまな出来事や人びとの考えの変遷、そこに加わる哲学や芸術といった新たな概念を解き明かしたい探究心が備わっていたからかもしれないなと勝手に妄想した。明るく好奇心旺盛で、洞察力に優れたお人柄がお話しするうちに垣間見えたもので……。

多様化する社会に、宗教もまた以前とは違う在り方を求められていると先生はお考えだという。無宗教ですからと目を背けるのではなく、特定の宗教に誓いを立てなくとも「宗教はある。意味もある。宗教から発生した諍いもあれば平安もある」と学ぶことが今後ひとりひとりに必要な考え方になるようだ。不規則に不安定に変化する世界に必要以上に動揺しないベースになるのだろう。久々に曾祖父を火葬した際に一緒に入れた（当時は容認されていた）小銭をながめたくなった。この小銭、曾祖父の灰がこびりついているのだ。昔流行ったゲーム「どこでもいっしょ」ならぬ、曾祖父の体の「どこかがいっしょ」状態で我が家に保管してある。

壇蜜

おわりに――

学ぶということは暮らしの中に溢れている

8つのテーマについて「授業」を受け終え、少し経った2023年の冬と夏、体調不良により入院することになった。「冬場所」では食べられない、眠れないでせ細り、それを肯定する感情から抜け出せなくなり3ヵ月弱、「夏場所」では一度目の退院から順調に復帰の道を歩んでいたが、だんだんと様子がおかしくなった記憶がある。身体が、心が、前を向けない。その後いわゆる「希死念慮」という、もう生きていたくない！　という感情が爆発した。二度目の入院は安全確保も兼ねて2ヵ月弱病院で過ごす。結果1年間のおよそ3分の1を病院で過ごした。幸いながら失踪したり、命を絶つ準備をする行動に走ることはなかったが、自室（マンション8階）の窓を開けて外を見ながら泣いていた時があったらしい。それを、私を訪ね発見した叔母は「本当に青ざめた。これはいけないと思った」と語る。

カウンセリング、休養、投薬、とにかく治療に専念して、仕事や世間から離れた。毎日日記をつけるのも、考え事をするのも、何かを読んだり、見たりするのもキッツい日々が続き、「学び」がどんどん頭から離れていくのが自覚できた。もう、ただ生きているだけの人、だった。

今年（2024年）、春を迎えたら、退院して半年になる。相変わらず「万全！」とは言い切れないが、かつては行動にも移せなかったことが少しずつだができるようになってきた。マンガを読んだり、銭湯で仲間と談笑したり、ペットの世話に家事、ブログを書いてラジオやナレーション仕事を受けて……。「出来ない！死にたい！」と放棄していた行為はかなり通常営業が可能になった。この原稿のゲラチェックやはじめに&あとがきを書くことだって、少し前ならできる気もしなかったはずだ。原稿を読んでいるうちに、学びへの興味が蘇るようにわき上がってきた感覚は、これからもきっと忘れない。少しずつ生活の中で興味をもったことに触れて、解釈して、記憶して……を繰り返していけば、一度はどん底に落ちた私の「向学心」も盛り返していくと信じている。

学ぶは暮らしにたくさん含まれ、それを私たちが気づけていないか、避けているか、意識できないでいるか……なのかもしれない。この本を手にとって下さった方々と私は、一緒に「暮らしをふり返って、先生のお言葉を聞きながらちょっと立ち止まる」時間を共有したい。きっと、良い時間になる。

最後になるが、この本をつくるにあたり多くの方々のお力を借りた。授業をしてくださった諸先生方、入院中も復帰を待っていて下さった平凡社の編集スタッフ殿、家族に夫、そして私以上に興味津々に授業を密やかに聞いていたマネージャー……本当に、感謝している。

報いたい。売らねば。本を、売らねば。

2024年3月

壇蜜

MEMO

壇蜜（だんみつ）
1980年秋田県生まれ。昭和女子大学卒業後、日本舞踊師範、調理師など数々の資格を取得。29歳でグラビアアイドルとしてデビュー。現在、ラジオやWEB連載などで活躍中。主な著書に『壇蜜日記』（文春文庫）、『エロスのお作法』（だいわ文庫）、『どうしよう』（マガジンハウス）、『三十路女は分が悪い』（中央公論新社）など。
壇蜜オフィシャルブログ「黒髪の白拍子。」
https://ameblo.jp/sizuka-ryu/

壇蜜的人間学。

2024年7月12日　初版第1刷発行

著者　壇蜜
取材　脇坂敦史
発行者　下中順平
発行所　株式会社平凡社
〒101-0051
東京都千代田区神田神保町3-29
電話　03-3230-6573［営業］
平凡社ホームページ　https://www.heibonsha.co.jp/

印刷　株式会社東京印書館
製本　大口製本印刷株式会社
デザイン　中村健
カバー・本文イラスト　コナガイ香
編集　平井瑛子（平凡社）

ISBN 978-4-582-83936-4

本書の内容に関するお問い合わせは
弊社お問い合わせフォームをご利用ください。
https://www.heibonsha.co.jp/contact/